Lu a Pontoise le 12 aoust 1747. Bt

Il y a des pieces spirituelles dans ce
volume,

La querelle des anciens et des modernes,
mais la piece touchant l'abolissement
de ... est le Chef d'œuvre de
folie.

LE CONTE
DU
TONNEAU

Contenant tout ce que les
ARTS, & les SCIENCES
Ont de plus SUBLIME,
Et de plus MYSTERIEUX.
Avec plusieurs autres Pieces très-
curieuses.

Par le fameux Dr. SWIFT

Traduit de l'Anglois.

TOME SECOND.

VOOR KONST EN KOOPMANSCHAP.

A LA HAYE,
Chez **HENRI SCHEURLEER,**
M. DCC. XXI.

PREFACE

DU

TRADUCTEUR.

JE fuis faché qu'il faille encore retenir ici le Lecteur par un difcours préliminaire ; mais il faut abfolument, qu'il paffe par là, s'il veut lire les piéces fuivantes, avec fruit, & avec agrément. Elles paffent toutes pour être de l'Auteur du *Conte du Tonneau*, & s'il eft poffible de former un jugement folide fur le ftile & fur le tour d'Efprit, elles en doivent être de neceffité.

Comme elles font prefque toutes ironiques, & que les Lecteurs d'une pénétration mediocre, qui font le grand nombre, ont bien de la peine à démêler le veritable fens d'une Ironie un peu pouffée, il fera bon de leur en faciliter

Tome II.   *   l'in-

l'intelligence, en difant un mot de chacun de ces petits Ouvrages.

Le premier eft une Differtation *fur
l'Operation Mechanique de l'Efprit.* De
faux dévots, & d'autres gens peu judicieux ont regardé cette piéce comme un Chef-d'œuvre de profanation,
quoique l'Auteur ait pris tous les foins
imaginables pour qu'il fût impoffible de
s'écarter de fon veritable but. Il défi-
nit l'Enthoufiafme en gencral ; *par une
élevation de l'ame, & de fes facultez au-
deffus de la matiere* ; enfuite il indique
trois differentes branches de l'Enthoufiafme, defquelles il ne prétend pas parler ; la premiere eft un acte immédiat
de la Divinité, qu'on appelle *Efprit de
Prophetie, ou infpiration,* la feconde eft
un acte immédiat du Diable ; on l'appelle *poffeffion* ; la troifiéme eft l'effet
de quelque caufes naturelles, *force d'i-
magination, Melancolie, paffions violentes, &c.*

Le veritable & unique fujet de fon
difcours eft cette Efpece d'Enthoufiafme, où l'on parvient fimplement par
Art, & par une operation mechanique,
par laquelle en étourdiffant les fens,
& en étouffant la raifon, on réuffit à
rem-

remplir le cerveau de visions & de chimeres ; par conséquent rien au monde n'est plus mal fondé, que le prétendu libertinage, qu'on trouve dans une piéce qui ne tend qu'à débarasser la Religion du fanatisme le plus honteux aussi bien que le plus ordinaire.

* La *Dissertation sur les Æolistes* turlupine les fanatiques & les faux inspirez en general ; celle-ci n'en veut qu'à ces malheureux, qui adorent les chimeres, dont ils sont eux-mêmes les Auteurs.

Des personnes sensées s'imagineront peut-être, que la supposition, qu'on peut se jetter dans l'Enthousiasme par certains mouvemens, & par certaines contorsions, est une chimere elle-même. Ils se tromperoient asseurément. Un peu de reflexion sur la liaison étroite qu'il y a entre l'imagination, & les mouvemens du corps, le fait voir évidemment. Comme ces mouvemens differens, ces grimaces, ces contorsions répondent toujours à certaines images, qui font de profondes impressions dans le cerveau ; les contorsions & les grimaces font à leur tour naître dans le

* 2   cer-

<hr/>

* Cette Dissertation se trouve dans le premier Tome, Sect. VIII.

cerveau les images qui y répondent ; non seulement toutes les regles de la Physionomie font fondées fur cette verité ; elle eft encore prouvée évidemment , par ce qui fe paffe tous les jours fur le Théatre , & dans les galetas où logent les Poëtes. Un bon Acteur ride fon front, & fe donne l'air d'un furieux, afin de fentir lui-même la fureur , & la rage , qu'il veut reprefenter. Si l'imagination d'un Poëte cherche en vain les traits , dont il a befoin pour dépeindre le dépit ou l'indignation , il fe leve avec précipitation , fe promene dans fa chambre , & fe met dans toutes les attitudes, qui conviennent à ces differentes paffions ; d'abord les images dont il a befoin entrent en foule dans fon cerveau, comme autant de marionettes atachées à des fils d'archal.

C'eft de la même maniere , que ceux d'entre les * petits Prophetes, qui n'avoient pas intention de tromper les autres, mais qui étoient leurs propres dupes , n'ont été redevables de leurs ridicules infpirations, qu'aux contorfions violentes qu'ils apprenoient à fe donner , à l'exemple de leurs Compagnons Impofteurs.   La

* Certains foux qui ont courus la Hollande & l'Angleterre au commencement de ce fiécle.

La feconde piéce eft d'une nature toute differente ; elle a pour titre *Recit exact & fidelle d'une Bataille entre les Livres Anciens, & modernes, &c.* C'eft une des plus heureufes Allegories, qui foient jamais forties de l'Efprit humain, & elle fert furtout à tourner en ridicule deux groffiers ennemis de l'Antiquité, le *Docteur Bentley*, & M. *Wotton.*

J'ai héfité pendant quelque tems, avant que de me refoudre à traduire cette piéce en François, parce que parmi les combatans modernes, on ne voit prefque que des Auteurs Anglois. J'y ai remedié de mon mieux, en donnant dans mes remarques les caracteres de la plûpart de ces Ecrivains, & rien n'eft plus facile à un Lecteur François que de mettre à la place des Etrangers, qu'on turlupine ici, des Auteurs de fa Nation. Il n'y aura que le choix qui l'embaraffera ; le nombre de ceux qui meritent d'ocuper un rang honorable dans les troupes des modernes, eft prodigieux en France à l'heure qu'il eft. Excepté quelques Auteurs de la vieille roche, un *Fontenelle*, un *La Motte*, tous les Auteurs François de nos jours pouroient figurer admirablement à la place de nos Guerriers Anglois.

PREFACE

Toute la France fourmille de gens qui ont de l'Esprit, & qui n'ont que de l'Esprit. A voir la plûpart des productions nouvelles, qui nous viennent de ce païs-là, on diroit, que rien n'est plus ridicule que l'Erudition, & que parmi les nombreux Arrêts de la Cour, il doit en avoir eu quelqu'un qui ait proscrit la Logique.

La troisiéme piéce est une *comparaison entre un Balay & un Homme*, faite dans le stile & dans le gout des méditations de *M. Boyle*. Ceux qui trouveront d'abord cette idée-là bisarre, n'ont qu'à lire ce petit Ouvrage avec attention, pour voir avec étonnement que cette idée n'est que trop juste.

Je me suis fait un plaisir de traduire les *Pensées morales & divertissantes* qui suivent, afin que les François puissent comparer cet Echantillon avec les Reflexions de M. de la Rochefaucault, & avec les caractéres de la Bruiere ; je sai que ces livres sont excellens dans leur genre, & qu'ils meritent la grande réputation, qu'ils ont acquise & dans la France, & dans toute l'Europe. j'ose dire pourtant qu'un volume semblable à cet essay de notre Auteur Anglois devroit

vroit être naturellement d'un gout plus général, & plus propre à repondre au but de ces fortes d'Ouvrages. Il y a une heureufe varieté, qui entretient l'attention, & qui femble la délaffer. Et c'eft ce qui manque à mon avis aux livres François, dont je viens de faire mention. Ces réfléxions, & ces caracteres font d'un tour concis, ferré, un peu obfcur, toujours ferieux ; ce font autant d'oracles pour ainfi dire ; on en peut lire quelques pages, mais infenfiblement l'Efprit fe rebute de ces Sentences, & de ces Portraits.

Qui fur un même ton femblent Pfalmodier.

L'Effay dans le gout le plus moderne, eft une des plus plaifantes piéces, qu'il eft poffible de voir ; l'Auteur y imite admirablement bien certains novices, qui avec la mince provifion de dix ou de douze lieux communs, ont la démangeaifon infurmontable de fe faire imprimer, & qui femblent s'imaginer, que ce qu'ils viennent fraifchement d'aprendre, aura pour le Public la même grace de la nouveauté, dont ils font charmez eux-mêmes.

Le fujet que l'Auteur femble prendre

* 4.   font

PREFACE

font les *Facultez de l'Ame*, dont il ne dit pourtant qu'un feul mot par hafard ; tout le refte confifte en penfées incidentes, à qui la moindre reffemblance de mots donne une efpece de liaifon fortuite ; il brode tout cet affemblage ridicule, de quelques paffages Latins, qui fervent d'ordinaire d'exemples dans la grammaire, & dans la fyntaxe, qu'on aprend dans les plus baffes Claffes, & il affaifonne tout ce rare Ouvrage de cette oftentation pedantefque, que les aprentifs Auteurs affectent, pour reffembler aux Ecrivains d'importance.

Je confidere la piéce qui fuit comme le Chef d'œuvre du Docteur Swift, c'eft une *Differtation contre le projet d'abolir le Chriftianifme en Angleterre.* Ceux qui favent fuivre les idées d'un Auteur, & faifir le veritable fens d'une Ironie, en la confiderant de tous fes differens cotez, n'auront garde de trouver de l'Irreligion dans cet Ouvrage ; ils le regarderont au contraire comme une fatyre fanglante, de *l'Efprit fort* & du *Libertinage.* On ne parle pas ici du *Chriftianifme réel*: on le confidere comme banni de la grande Bretagne, depuis très-long-tems ; il ne s'agit que
de

de ce *Chriſtianiſme de nom*, qui conſiſte
en certaines Cérémonies, & en certains
devoirs exterieurs. L'Auteur fait ſem-
blant de croire que tout le Peuple eſt
du ſentiment unanime, que le bien public exige qu'on renonce entierement
à ce *Chriſtianiſme*, & en faiſant ſentir
que les avantages qu'on attend de ce
projèt ne ſeront pas ſi conſiderables
qu'on l'eſpere, il découvre avec une
adreſſe infinie le ridicule de l'Eſprit
fort, & de l'Irreligion, qui ſe ſont répendus ſi généralement dans ſa Patrie.

Pour mettre le public en Etat de déveloper entierement le Génie de nôtre
Auteur, j'ai joint à cette piéce badine
un Ouvrage très-ſerieux intitulé *Projet*
pour avancer la Religion, & la Pieté en
Angleterre, &c. Il contient un détail
afreux des progrès, que le vice & l'Irreligion ont fait dans la Grande Bretagne, & des moïens efficaces, pour en
arrêter le cours, & pour faire fleurir
dans ce païs la Religion & les bonnes
mœurs ; l'Auteur y fait voir fort au
long, qu'une pareille reforme dépend
abſolument du Souverain, qui étant
Maître de toutes les charges, peut tenir le crime & le vice en bride, en les
fai-

faifant confiderer comme des obftacles
invincibles à la fortune.

Ce fecond Tome finit par les *Prédictions* , pour l'an 1708. que l'Auteur
publia fous le nom d'*Ifaac Bickerftaf*
Ecuïer , & par deux autres petites piéces qui en furent une fuite.

Ces Pronoftics ont été traduits dans
prefque toutes les Langues de l'Europe,
elles étonnerent les Efprits foibles, & ne
laifferent pas d'intriguer un peu les gens
fenfez. Quoiqu'il fût affez naturel de croire que ces Propheties n'avoient pour but
que de badiner avec la credulité des hommes ; la maniere dont elles étoient, débitées , avoit quelque chofe de fi particulier
qu'elle ne pouvoit qu'embaraffer l'efprit.

Non feulement l'Auteur parloit de la
maniere du monde la plus grave & la
plus ferieufe , mais il *particularifoit* les
évenemens comme s'il en donnoit l'Hiftoire plûtôt que la Prédiction ; d'ailleurs rien de plus clair , de plus net ,
de plus éloigné de cette obfcurité épaiffe , que le fot Peuple, charmé d'aider
l'impofture , interprete toujours d'une
maniere favorable aux Aftrologues , &
à tous ceux qui fe mêlent de dévoiler l'a-
venir. Ce qui furprenoit le plus c'eft que
le

le prétendu *Bickerſtaf* paroît ſur de ſon fait, & qu'avec un air de confiance, il n'exige du public que de vouloir bien ſuſpendre ſon jugement pour un petit nombre de ſemaines.

Le premier Article de ces Prédictions prophetiſoit la mort d'un certain *Partrige* Faiſeur d'Almanacs & prétendu Aſtrologue, ce qui fut cauſe d'une des plus divertiſſantes farces, qui ait jamais diverti tout un Peuple, aux dépens d'un Particulier. On dit que le Pronoſtic fit de ſi profondes impreſſions ſur le cerveau du pauvre *Partrige*, qu'il en tomba effectivement dans une grande maladie.

Quoiqu'il n'en mourut point, l'Auteur ne laiſſa pas de donner au public une Lettre adreſſée à un homme de qualité, contenant la relation de la mort de ce ridicule Aſtrologue, avec toutes ſes circonſtances.

Cette lettre courut par toute la Ville & un garçon, qui crioit à pleine tête, *Rélation fidéle de la mort de M. Partrige*, fut rencontré par malheur par le pauvre *défunct* lui-même, qui le roua de coups. Peu content encore de cette vengeance, il fut aſſez extravagant pour vomir mille &

mil-

mille injures, dans son Almanac suivant, contre le Sieur *Bickerstaf*, & pour déclarer formellement au public, *qu'il vivoit encore*, & *qu'il avoit vecu*, *le même jour*, *où l'Imposteur avoit fixé sa mort.*

Une Déclaration si plaisante donna lieu à l'Auteur de pousser la plaisanterie plus loin. Il prit le même air serieux pour faire son Apologie, & il se servit de plusieurs Argumens aussi ingenieux que Comiques, pour prouver à *Partrige* qu'il étoit réellement défunct.

L'affaire n'en resta pas là; toute cette Histoire fournit aux Auteurs du *Tatler* ou *Babillard*, Ouvrage de la même nature que le *Spectateur*, le sujet du monde le plus particulier, & plus utile; ils y font voir qu'un grand nombre de gens ont le plus grand tort du monde de se ranger parmi les vivans, & ils soutiennent que tout homme inutile à la Societé, & à lui-même, est réellement mort; j'ai vu dans le Mercure de Paris une de ces piéces sur cet Article, traduit en François; on l'y donne comme l'échantillon d'une traduction générale de tout cet Ouvrage. S'il en faut juger par ce petit morceau, le Traducteur est très-capable d'y reussir, & ce seroit dommage qu'il n'exécutât pas son projet.

DIS-

DISSERTATION

En forme de Lettre

SUR

L'OPERATION MECHANIQUE

DE L'ESPRIT.

A Monsieur T. H. Ecuïer , dans son appartement à l'Academie des Beaux-Esprits *dans la* Nouvelle Hollande.

MONSIEUR,

IL y a déja long-tems que j'ai la tête chargée d'une nouveauté fort importante pour le public, & de laquelle il faut que je me délivre au plus vite si je veux avoir soin de ma santé ; il ne s'agit plus que de savoir dans quelle forme elle paroitra le plus à son avantage. Pour prendre un parti là-dessus j'ai employé trois jours entiers à parcourir la *sale de West-munster*, *le Cimetiere de St. Paul*, *Fleet-street*, & *tous les autres endroits qui fourmillent de boutiques de Libraires*, pour voir quels titres sont le plus à la mode, & je n'en ai point trouvé qui eut une aussi grande vogue que *Lettre à un Ami*.

Rien n'est plus Commun à présent que de voir de longues Epitres adressées à certaines Personnes, & destinées pour certains endroits sans qu'on puisse s'imaginer la moindre raison qui ait porté leurs Auteurs à les écrire.

Telles font *une Lettre à mon plus proche Voisin*. *Epitre à un étranger que je ne connois ni d'Eve ni d'Adam*. *Lettre à un homme de qualité resident dans les nuées*. Ces piéces d'ailleurs roulent la plûpart fur des sujèts, qui naturellement n'ont rien à démêler avec la Poste: ce font de *longs Systêmes de Philosophie*; *d'obscurs & merveilleux traitez de Politique*; *des Dissertations laborieuses sur la Critique & sur les antiquitez*; *des avis donnez au Parlement*; & d'autres Ouvrages de cette nature.

Je

Je n'ai pas héfité un moment à imiter de fi excellens modelles, & puifque je fuis perfuadez que vous publierez cette lettre dès que vous l'aurez reçûë, quelque chofe que je puifle dire pour vous en détourner, j'ai une grace à vous demander, fans laquelle il ne me fera pas poffible de figurer comme il faut avec mes Colleg̀ues les Auteurs E-piftolaires de nos jours.

C'eft, Monfieur, de vouloir bien témoigner en ma faveur devant le tribunal du public, que cette lettre a été griffonnée à la hâte, que je n'ai commencé à fonger à cette matiere que hier, lorfqu'en difcourant enfemble de chofes & d'autres, nous tombâmes par hazard fur ce fujèt; que je ne me portois pas trop bien quand nous nous feparâmes, & que pour ne pas manquer la pofte, je n'ai pas eu le loifir de bien arranger mes matériaux, & de corriger mon ftile; enfin, Monfieur, je vous conjure de ne pas négliger la moindre de ces fortes d'*excufes modernes* qui puifle être de quelque ufage pour pallier la négligence d'un Auteur.

Je

Je vous prie, Monfieur, que lorfque vous écrirez aux *Virtuofi Iroquois* vous les affeuriez de mes refpects, & de la promtitude avec laquelle je leur enverai *l'explication des Phenomenes*, que vous favez, dès qu'elle aura été *reglée* dans notre Collége de *Gresham*.

Je n'ai pas reçû, les trois derniers ordinaires, un feul mot de lettre des Savans de *Topinambou*.

En voilà bien affez, Monfieur, pour ce qui regarde les affaires, & les formalitez requifes; vous ne trouverez pas mauvais, j'efpere, que j'en vienne au fujet, en laiffant-là le ftile Epiftolaire, jufqu'à la conclufion de ma lettre.

SECTION I.

L'Hiftoire de *Mahomet* nous raporte, qu'aïant un jour une vifite à rendre dans le Ciel, il rejeta toutes les voitures qu'on lui ofroit; comme *Chariots enflammez*, *Chevaux ailez*, &c. & qu'il aima mieux y être porté, par fon *Ane*. Ce choix de *Mahomet*, quelque fingulier qu'il paroiffe, a été imité par un grand nombre de Chrêtiens dévots,

vots, avec beaucoup de raison à mon avis; car comme cet Arabe a emprunté des Chrêtiens une grande moitié de son Syftême de Religion, il eft jufte qu'on ufe de répréfailles fur lui en tems & lieux. Notre bon Peuple Anglois fur tout n'y a pas manqué, & quoiqu'il n'y ait point de Nation dans le monde fi bien fournie de toutes fortes de * voitures pour ce voïage, aufli feures, que commodes, il y a pourtant beaucoup de gens parmi nous qui préferent celle de Mahomet à toutes les autres.

Pour moi, je dois avouer que j'ai une vénération toute particuliere pour l'animal en queftion, qui, à mon avis, reprefente parfaitement bien la Nature humaine dans toutes fes qualitez, aufli bien que dans toutes fes opérations; je ne manque jamais de placer dans mon *recueil de lieux Communs* tout ce que je trouve dans ma lecture fur fon Chapitre, & quand j'ai occafion de m'étendre fur la *raifon humaine, la politique, l'éloquence*, &

A 3

---

* Il eft apatent que l'Auteur recommande ici la méthode d'aller au Ciel établie par l'Eglife Anglicane.

& l'érudition, j'en trouve l'aplication la plus aifée, & la plus exacte du monde. Cependant, je ne me fouviens pas d'avoir jamais vu dans les anciens, ni dans les modernes, parmi les qualitez qui compofent le caractere de *l'Ane*, aucune mention faite du *talent de porter fon Cavalier au Ciel*, fi l'on en excepte les deux exemples que je viens de raporter.

Par confequent, c'eft ici une matiere qui peut paffer pour toute neuve, & je ne doute pas que le public ne fouhaite avec ardeur d'être éclairci fur tout ce qui regarde ce merveilleux talent, & fur la maniere dont il doit être mis en œuvre: C'eft-là ce que j'ai entrepris de faire dans le difcours fuivant : le fujet eft vafte & demande de profondes recherches, puifque pour réüffir dans le voïage dont il s'agit ici, il faut un grand nombre de proprietez très-particulieres, tant dans l'Ane, que dans le Cavalier, je ferai tous mes efforts, pour en donner le détail avec toute la clarté qu'il me fera poffible.

La crainte d'offenfer qui que ce foit, m'oblige à ne pas continuer la tractation de cette matiere auffi littéralement,

que

que je l'ai commencée, & à l'enveloper plûtôt dans une Allegorie. Je m'y prendrai pourtant d'une telle maniere que le Lecteur judicieux sera toûjours en état de passer du sens figuré au sens propre & naturel, sans être obligé de donner long-tems la torture à son esprit. A la place du terme d'*Ane* j'emploïerai deformais celui de *Docteur illuminé*, & je troquerai celui de *Cavalier* contre celui d'*Auditoire fanatique*, ou contre quelqu'autre *denomination* de la même force.

Aïant aplani de cette maniere toutes les difficultez, le grand point qui reste à éclaircir, est la Methode par laquelle le *Docteur* parvient à ses *dons spirituels*, ou à *son illumination*, & par quelle route il les communique à son auditoire.

Mon grand but a été dans tous mes ouvrages, non de les approprier à quelques circonstances particulieres de tems, de lieux, ou de personnes, mais de les destiner à l'utilité de tous les siécles, & de tous les hommes en général. Pour être persuadé que la dissertation présente sera du même genre, on n'a qu'à réflechir sur la nature du *sujet*. Il est

cer-

certain qu'il n'y a point de difpofition
du corps, ou de qualité de l'efprit,
qui aïent été fi fort le centre de toutes
les inclinations humaines, qu'une pointe de fanatifme, & une teinture d'Enthoufiafme. Ce penchant univerfel
animé, & cultivé par de certaines fo-
cietez d'hommes, a été capable de produire dans l'Univers les révolutions les
plus étonnantes, comme il eft connu
par tous ceux, qui ont une legere idée
de ce qui s'eft jamais paffé de plus remarquable, dans l'*Arabie*, dans la *Per-
fe*, dans les *Indes*, dans la *Chine*, dans
le *Maroc*, & dans le *Perou*.

Cette noble inclination a eu fur tout
de grandes influences fur l'empire du
Savoir, où il eft difficile d'indiquer
une feule fcience particuliere, qui ne
foit pas relevée par quelque broderie de
fanatifme; du nombre de ces ornemens
font la *Pierre Philofophale*, *le grand E-
lixir*, *les mondes Planetaires*, *la quadra-
ture du Cercle*, *le Souverain bien*, *les
Republiques Utopiennes*, & quelques autres, qui n'ont d'autres ufage dans le
monde, que d'entretenir, & d'amufer
ce penchant vers le fanatifme, dont
cha-

chaque individu humain eſt ſi heureuſement animé.

Mais ſi cette *plante* a trouvé un ter-
roir convenable dans les Campagnes de
la *Politique & des Sciences*, elle a ſur tout
jetté de profondes racines, en *Terre
Sainte*, où elle a été connuë ſous le
nom General *d'Enthouſiaſme*, quoi
qu'elle y ait pouſſé pluſieurs branches
d'une nature fort differente qu'on a pourtant pluſieurs fois confonduës.

Le terme dans ſa ſignification la plus
generale, peut-être défini, par une
Elevation de l'Ame, *ou de ſes Facultez
au deſſus de la matiere*. Si l'on veut
l'apliquer particulierement à la Religion, on verra, que par trois differens
moïens l'ame prend l'eſſor, & ſe tranſ-
porte au-deſſus de la Sphere des choſes
materielles ; le premier ſe fait par un
Acte immédiat de la Divinité, & elle
eſt apellée *inspiration*, ou *Eſprit Pro-
phétique*. Le ſecond provient d'un Acte
immédiat du Diable ; & on le nomme
Poſſeſſion. Le troiſiéme a ſa ſource
dans certaines cauſes naturelles, comme
force d'imagination, *Ratte*, *colere*, *fraieur*,
douleur violente, &c.

Ces trois ſortes d'Enthouſiaſme trai-
Tome II. B tées

tées à fond par d'autres Auteurs, n'oc-
cuperont point ici mes recherches;
mais il y a une quatriéme methode de
donner à l'ame un eſſor religieux, par
une opération artificielle, fondée ſur
les ſimples regles du Mechaniſme; ce
ſujet a été négligé, ou du moins traité
fort maigrement juſqu'ici, quoi que ce
ſoit un Art d'une très-grande antiquité,
mais borné pendant long-tems dans un
petit nombre de perſonnes, il n'a acquis
que depuis peu ces rafinemens, & cette
vogue qui le rendent à préſent ſi reſpectable & ſi digne de notre curioſité.

C'eſt cette *Operation Mechanique de
l'Eſprit*, telle qu'elle eſt pratiquée dans
nos jours par nos Ouvriers Britanniques,
qui ſera le ſujet de la preſente Diſſertation. Je communiquerai à mes Lecteurs pluſieurs remarques judicieuſes
que j'ai faites ſur cette matiere, je dé-
veloperai avec toute l'exactitude, qui
me ſera poſſible, tous les ſecrets de ce
métier, j'en éclaircirai toutes les particularitez par des exemples paralleles,
& je gratifierai le public de pluſieurs
belles découvertes, ſur ce ſujet, qu'un
heureux hazard m'a fait rencontrer.

J'ai dit qu'il y a une certaine branche
d'*En-*

d'*Enthousiasme Religieux*, qui est un simple effet de la *Nature* ; au lieu que celle dont je vais parler provient uniquement de l'*Art*, qui ne laisse pas de travailler avec plus de succès sur certains temperamens, que sur d'autres. Il est vrai qu'il y a plusieurs operations qui purement *artificielles* dans leur origine deviennent, *naturelles* par une longue habitude ; *Hypocrate* raporte, par exemple, que parmi nos Ancêtres, les *Scythes*, il y avoit un Peuple apellé *têtes longues*.

Il commença à mériter cette *dénomination*, par la coutume qu'avoient les sages Femmes & les nourrices de changer la forme naturelle des têtes des Enfans nouveau-nez en les pressant par certains bandages, par lesquels les esprits-animaux détournez de leur Cours ordinaire, étoient forcez à se pousser en haut, où ils ne trouvoient aucune resistance, & de donner à ces têtes la figure d'un *pain de sucre*.

La nature aïant été obligée par force de prendre cette route pendant quelques generations, la sût trouver enfin d'elle-même, sans avoir besoin du secours de l'Art ; voilà l'origine des *Scy-*

thes

thes à tête longue, & c'eft ainfi qu'une coutume peut d'une *feconde nature* devenir la *nature même*.

Il eft arrivé quelque chofe de fort femblable parmi les Anglois modernes, veritable pofterité de cette nation renommée & polie, dont je viens de parler. Du tems de nos Peres une efpece d'hommes, fe fit diftinguer dans cette Ile fous le nom de * *têtes rondes*, dont à préfent la race eft répanduë dans tous les trois Roïaumes ; elle fut produite au commencement par une pure opération de l'Art ; une certaine maniere de leur

* Ceux qui ont lu avec quelque attention l'Hiftoire Angloife, ou du moins l'Ouvrage de M. Rapin fur les Whigs & les Torys, entendront facilement ce Paffage ; pour les autres je leur dirai en peu de mots, que pendant les troubles qui arriverent en Angleterre fous le regne du malheureux *Charles I.* ceux qui fuivoient le parti du Roi furent appellez *Cavaliers*, au lieu que les Partifans du prétendu Parlement furent appellez *têtes Rondes*. Ce nom leur vint fans doute de ce qu'étant Presbyteriens pour la plûpart & ennemis du luxe, ils fe coeffoient fort uniment, & fe faifoient couper les cheveux près de l'oreille ; ce qui fait paroitre une tête dans toute fa rondeur. Les *Torys* d'à-préfent font venus des *Cavaliers*, comme les *Whigs des têtes rondes*.

leur preffer le vifage, un coup de cifeaux
dans les cheveux , & un bonnet noir ,
en faifoit l'affaire. Ces têtes Spheri-
ques s'attiroient dans toutes les Affemblées une attention particuliere de la
part du beau-Sexe, & il en reçut de fi.
fortes impreffions dans le cerveau ,
qu'elles influérent fur toute la pofterité,
& que la nature entrant dans cette idée
de l'Art , apprit à la fuivre d'elle-même ; depuis ce temps-là *une tête ronde* a
été auffi familiaire à nôtre vuë, qu'une
tête longue l'étoit autrefois parmi les
Scythes.

Conformement à ces exemples , & à
d'autres , qu'il me feroit aifé de produire , je prie le Lecteur curieux de
diftinguer d'abord entre *un effet fimplement naturel , & un effet qui, artificiel
dans fon origine , eft devenu naturel par
l'habitude.* En fecond lieu; *entre un effet
abfolument produit par la nature , & un
effet, qui a une baze naturelle fur laquelle
l'art a trouvé à propos de bâtir.*

Ce font les dernieres branches de ces
deux divifions, qui doivent être le fujet
de mes recherches; c'eft-là l'état de la
queftion , que j'ai cru devoir pofer ,
avec toute l'exactitude imaginable ,

pour éviter toutes les objections, qu'on pourroit faire, contre ce que j'avance-rai dans la fuite.

Ceux qui mettent en pratique cet art admirable, fe fondent d'ordinaire fur ce Principe General; *la corruption des fens, eft la génération de l'Efprit.* La preuve qu'ils en donnent, c'eft que les fens font autant d'avenuës qui mènent à la raifon humaine, laquelle doit être em-prifonnée de neceffité pendant toute *l'operation*, fi l'on veut s'en promettre un heureux fuccès. Par confequent il faut faire tous fes efforts, pour lier, garotter, détourner, ftupéfier, emouf-fer les fens, ou pour les mettre aux mains les uns avec les autres; c'eft pré-cifement dans le tems qu'on les a en-voïez promener ou qu'ils font enfemble le coup de poing, que l'efprit entre, & qu'il jouë fon rôle.

Pour ce qui regarde la *methode*, dont on fe fert pour mettre les fens dans la fituation dont j'ai parlé, je ferai fort exact à la décrire, autant qu'il m'eft permis; j'ai eu autrefois l'honneur d'ê-tre initié dans ces myfteres, & par con-fequent je dois être excufable, fi je n'en raporte pas certaines particularitez,

qui

qui doivent rester cachées aux *Profanes.*

Mais avant que d'aller plus loin , il est bon que je réponde à une objection, qui merite bien qu'on s'y arrête; certains critiques soutiennent à cors & à cris , que l'esprit ne sauroit être introduit dans une assemblée de *Béats modernes*; puisque dans plusieurs circonstances essentielles, ils sont si éloignez de la situation, dans laquelle se trouvoient les *Saints* honorez de *l'inspiration primitive.* Nous sommes informez , que ces derniers *étoient tous d'accord dans un même lieu* , ce qui signifie qu'il régnoit parmi eux une parfaite harmonie, tant par raport aux opinions , qu'à l'égard du culte & du Cérémonial , au lieu que parmi les illuminez modernes à peine y a-t-il deux têtes remplies des mêmes idées.

En second lieu les *Saints de la primitive Eglise* reçûrent le don des langues, au lieu que les *modernes* n'entendent pas seulement la proprieté des mots dans leur langue maternelle ; enfin les derniers semblent faire tous leurs efforts pour défendre l'entrée à *l'Esprit* en se couvrant la tête avec tout le soin possible,

ble, & ceux, qui font cette objection, prétendent que les *langues fenduës* ne s'arrêteront jamais fur des têtes
enfoncées dans des chapeaux. *.

Je réponds que toute la force de l'objection ne confifte que dans les differens fens qu'on peut donner au terme
Efprit. Si l'on defigne par là un *fecours furnaturel*, qui vient de dehors,
l'objection eft fondée, mais elle tombe
d'elle-même, quand on entend par la
une *infpiration*, qui vient de dedans,
& c'eft-là le cas dont il s'agit ici. C'eft
juftement pour cette raifon que nos
Ouvriers trouvent abfolument néceffaire
de ne rien négliger pour fe bien couvrir la tête, afin d'empêcher par-là la
tranfpiration, qui eft capable de faire
emporter toute la force de *l'illumination méchanique*, comme je le ferai voir
dans fon lieu.

Pour pénétrer plus avant dans la nature de ce *Méchanifme fpirituel*, il faut
re-

---

* L'Auteur badine ici fur la coûtume des Presbyteriens & d'autres Nonconformiftes, qui font
toûjours à l'Eglife le chapeau fur la tête, ce qui
ne paroit pas fort refpectueux aux Anglicans &
à d'autres honnêtes gens.

remarquer que dans cette operation l'Assemblée jouë un rôle considerable, aussi bien que le Docteur.

Tout le secret par raport aux Auditeurs consiste en ceci. Ils tournent de toute leur force leur prunelle en dedans, & ferment à moitié leurs paupieres ; ensuite ils se dandinent perpetuellement sur leurs chaises, faisant en même tems un long bourdonnement toûjours entretenu à peu près à la même hauteur ; ils le finissent, & recommencent à certaines periodes a mesure que la *marée de l'Esprit* est haute, ou basse dans le cerveau du Docteur. Cette pratique n'est pas si singuliere & si destituée de sens commun, qu'on n'en puisse trouver des exemples chez d'autres Nations. Les *Yanguis*, ou Saints illuminez des *Indes* * se mettent en état d'avoir des visions en tournant & en comprimant leurs yeux de la même maniere. D'ailleurs l'art de se procurer des *extases artificielles* en se dandinant sur une poutre suspenduë ou sur une corde, est encor fort en vogue parmi les *Femmes Scythes*, † & il est très-possible que les *secousses*

B 5 *Me-*

* *Bernier* Memoires du Mogol.
† *Guagnini* Hist. Sarm.

Methodiques que nos *Saints* se donnent dans la même intention soient dérivées de cette Nation jusqu'à nous , leur Posterité.

Les Irlandois Naturels ont encor rafiné là-dessus ; aussi est-ce un fait constant , que cet illustre Peuple a moins dégénéré que tous les autres de la *pureté des anciens * Tartares.* On y voit souvent une troupe d'hommes & de Femmes *arracher leur ame de la matiere , étourdir tous leurs sens , devenir Visionaires , & spirituels* , par l'influence d'une pipe de Tabac qui fait le tour de la Compagnie ; chacun garde la fumée dans la bouche , jusqu'à ce que son tour revienne & qu'il en puisse prendre de fraiche. En même tems on entend un concert de bourdonnement interrompu & renouvellé de tems en tems par un pur instinct , & l'on voit continuellement leur corps tantôt se baisser , & tantôt se lever assez haut pour que la tête & les pieds soient paralleles à l'Horison. Vous voïez leurs paupieres levées

* Tartares & Scythes , c'est la même Nation.

vées en haut avec la même contrainte qu'on remarque aux yeux d'un homme, qui fait tous les efforts pour ne pas fuccomber au fommeil. Par tous ces Symtomes il paroît évidemment que la Faculté de raifonner eft alors entierement fufpenduë dans leurs ames, & que l'imagination s'étant rendu Maîtreffe du cerveau y répand par tout une foule de chiméres.

Je laiffe-là cette digreffion, pour décrire les degrès par lefquels *l'Efprit* approche peu à peu vers la region fuperieure des cerveaux affemblez dès que vos yeux font dans la difpofition requife, vous ne voïez rien d'abord ; mais après un court intervalle, une petite lumiere tremblante commence à paroitre, & femble dancer dans l'air devant vous. Enfuite à force de hauffer, & de baiffer votre corps, les vapeurs commencent à monter vers le cerveau avec rapidité, jufqu'à ce que vous vous fentiez appefanti, & étourdi comme un homme qui a trop bu à jeun. Le Docteur commence fon operation en même tems; il débute par un bourdonnement d'un *beaux-creux*, qui vous perce l'ame de part en part. L'Auditoire le lui rend auffi-tôt,

pouffé

pouffé à l'imiter par un motif dont il
n'eft pas le Maître, & qui le force à
agir, fans favoir ce qu'il fait. Les intervalles de ce bourdonnement recipro-
que font remplis par le Docteur, afin
que par une trop longue paufe *l'Efprit*
ne vienne pas à languir, & à difpa-
roitre.

Voilà tout ce qui m'eft permis de
découvrir du progrès de l'efprit autant
que ce myftere eft relatif à l'operation
de l'auditoire ; mais je ferai plus étendu, & j'entrerai dans un plus grand détail à l'égard du rôle que joue le *Doc-*
teur, dans cette affaire.

SECTION II.

SI vous voulez lire avec attention les
livres de ces hommes véritablement éloquens apellez *Voyageurs moder-*
nes, vous y verrez cette obfervation
remarquable, que la difference effentielle de notre religion, & de celle des
Indiens confifte en ce que nous *adorons*
Dieu, & qu'ils *adorent le Diable*.

Il y a pourtant certains critiques, qui
ne veulent en aucune maniere admettre
cet-

cette diftinction, foutenant que toutes les
Nations, quelles qu'elles puiffent être,
adorent *la véritable Divinité*, parce que
elles adreffent toutes leur culte à quelque puiffance invifible, qui a toute la
bonté, & tout le pouvoir néceffaire
pour fubvenir à leurs befoins; Notion
qui renferme en effèt les plus glorieux
attributs de l'être fuprême, il y a d'autres Auteurs qui nous enfeignent que
ces idolatres adorent deux *Principes*,
l'un *comme fource de tout bien*, l'autre
comme origine de tout mal. Et certainement voilà ce qui me paroit l'idée la plus
naturelle que les hommes puiffent concevoir des chofes invifibles par les fimples lumieres de la nature ; la maniere
dont les Indiens & les Habitans de l'Europe ont manié cette idée, & les differentes confequences, qu'ils en ont voulu tirer les uns & les autres à leur avantage, c'eft là à mon avis un point qui
mérite un examen très-ferieux.

La principale diftinction, qu'il y a
à faire là-deffus, felon mon petit jugement, confifte en ce que les prémiers
font plus fouvent portez à la devotion
par leurs craintes, que les autres, *par
leurs défirs*, & que le mauvais principe
B 7   ara-

arache des *Prieres* aux Idolatres , & à nous des *imprécations*. Mais ce que j'aprouve extrêmement dans les *Indiens*, c'eſt leur exactitude à renfermer chacune de leurs Divinitez dans les bornes de leur differentes juriſdictions , à ne jamais confondre l'amour qu'ils doivent à l'une , avec les fraïeurs que l'autre leur inſpire , & à ne jamais mêler la Liturgie qui concerne leur *Dieu blanc* avec celle , qui regarde leur *Dieu noir*. Nous ſommes bien éloignez d'une conduite ſi prudente, nous qui par nos lumieres acquiſes , étendant les domaines d'une de ces puiſſances inviſibles, & reſſerrant celles de l'autre, avons par une ignorance impardonnable confondu groſſierement les frontiéres du *bien* & du *mal*.

Nous avons élevé le Trône de notre Dieu , juſqu'au *Ciel Empyrée* , nous avons orné cet *Etre* de tous les attributs, & de toutes les perfections que nous conſiderons comme les plus eſtimables ; en même tems nous avons rabaiſſé le *principe du mal* juſqu'au centre de l'univers, nous l'avons accablé de chaines , chargé de maledictions , & après l'avoir fourni de toutes les abominables qualitez,

tez d'un Scelerat de diſtinction, nous lui avons donné une *queuë* , *des cornes* , *des griffes* , *& des yeux horribles.* Cependant ce qu'il y a de riſible au ſuprême degré, nous diſputons fort ſérieuſement , tous les jours , pour ſavoir ſi *certains chemins & certains routes* , ſont du Territoire de *Dieu* , ou *du Diable* ; ſi telles , ou telles influences viennent dans notre ame *d'en haut* , ou *d'en bas* ; ſi certaines paſſions , & certaines diſpoſitions du cœur ſont guidez par le *bon Principe* , ou *par le mauvais.*

Dum fas atque nefas exiguo fine libidinum Diſcernunt avidi. . . . .

C'eſt ainſi que ces beaux raiſonneurs confondent Chriſt avec Belial & broüillent enſemble les *pieds fendus* & les *langues fenduës.*

Du nombre de ces points diſputez eſt le ſujet que j'ai à-préſent entre les mains; depuis plus de cent ans on s'eſt batu à forces égales ſur les *geſtes emportez* & ſur le *jargon* des nos *Orateurs Enthouſiaſmes* , ſans qu'il ſoit decidé juſqu'ici ſi c'eſt *poſſeſſion* , ou *inſpiration* , & les armées de *Syllogiſmes* qu'on a miſes en
Cam-

Campagne pour vuider cette querelle, se sont en vain disputé la victoire.

On veut absolument que ce soit l'un ou l'autre, quoique dans la vie humaine tout comme dans une Tragedie ce soit un grand défaut de justesse d'esprit, & d'imagination d'emploier le secours de quelque être surnaturel sans une necessité absoluë. Notre vanité mène pourtant là tout droit; il n'y a point d'individu humain si vil & si meprisable, qui ne s'imagine que tout l'univers s'interesse dans le moindre accident, qui lui arrive; s'il a le bonheur de sauter un ruisseau, sans se crotter les bas, il ne faut pas douter qu'un Ange ne soit déscendu du Ciel exprès pour avoir soin de la propreté de ses habits. S'il se coigne la tête contre un poteau, il est certain que l'enfer a lâché quelque petit diable polisson, pour lui faire piece. En verité, il ne se peut rien de plus sot qu'une pareille imagination. Comment peut-on se mettre dans l'esprit avec un seul grain de bon sens, que quand un chetif mortel, se démène, crie, réve, au milieu d'une multitude, le Ciel, ou l'Enfer doivent se donner la peine de se mêler de ses extravagangances. Pour moi, je ne donnerai jamais dans une abfurdité fi rifible, & je ne negligerai rien, pour déraciner cette impertinence de l'efprit des hommes, en faifant voir clairement que tout le Miftere de communiquer à un Auditoire les *Dons fpirituels* , n'eft rien qu'un métier, qu'on apprend, & qu'on exerce comme tous les autres. On n'en doutera pas un moment quand j'aurai arrangé par ordre toute la fuite de cette operation, felon les methodes differentes qu'on y employe

. . . .
. . . . . . ici étoit expofé tout le plan
. . . . . . du Mechanifme fpirituel
. . . . . . avec toute la parade néceffaire d'une grande lecture &
. . . . . . d'une force fuperieure de
. . . . . . raifonnemens, mais des raifons très-fortes , l'ont empêché de voir le jour.
. . . .

Je ne ferai pas mal , je crois, de dire ici quelque chofe de la loüable coutume de nos Saints du prémier ordre ,

de

de porter des * *Calottes matelaſſées.* Ce n'eſt pas là uniquement une mode, comme des gens ſuperficiels pourroient le penſer ; c'eſt une invention d'une grande utilité, & celui qui en eſt l'Auteur merite de grands éloges, par ſa ſagacité & par ſon induſtrie. Ces Calottes duëment humectées par la Sueur empêchent la tranſpiration fermant tout paſſage par en haut à la chaleur de l'eſprit, & par là elles le forçent à ne s'évaporer que par la bouche, tout de même qu'on couvre le deſſus d'un fourneau d'un torchon mouillé pour faire ſortir toute la chaleur par en bas.

On verra encore plus évidemment les grands uſages, qu'on tire de ces ſortes de *Couvre-chefs*, ſi l'on veut bien examiner avec attention certain Syſtême de quelque *virtuoſi* du premier cálibre.

* Les Presbyteriens, & d'autres Sectes encore plus bigottes, ont en horreur tout ce qui ſert d'ornement au corps :

Et de péché mortel traitent chaque perruque.

Cependant pour défendre une tête chenue, contre les injures de l'air il faut quelque Couvre-chef, & ils en trouvent un fort bon & fort devot dans une *Calotte* double.

bre. Ils croïent, que le cerveau n'eft autre chofe qu'une grande quantité de petits animaux, armez de dents & de griffes extrêmement aigues, lefquels par ce moïen s'atachent les uns aux autres, comme s'ils ne faifoient tous enfemble, qu'un feul, & même corps, femblable, à un effai d'abeilles qu'on découvre fur un arbre, ou bien, à une charogne changée en vermine, qui ne laiffe pas de conferver fa figure primitive ; toute *invention*, felon l'opinion de ces illuftres, procéde de la morfure de quelques uns de ces *Animalcules* fur certains * *nerfs capillaires*, qui répandent deux de leurs petites branches dans la langue, & un troifiéme dans la main droite ; ces animaux font d'une Conftitution extrêmement froide, leur noûrriture eft l'air, que nous refpirons; *les flegmes* font leur excrement, & ce que nous apellons d'ordinaire *Rhûme*, n'eft autre chofe qu'un cours de ventre épidemique, auquel ce petit Peuple eft

---

* Une des grandes parties de la Rhétorique devote, c'eft le fimple mouvement de la langue, & de la main droite dirigées l'un & l'autre uniquement par le hazard.

eſt extrêmement ſujet, à cauſe du Cli-
mat ſous lequel il habite. Il n'y a qu'un
degré de chaleur extraordinaire, qui
puiſſe décramponer ces petites *beſtioles*,
& leur donner la vigueur néceſſaire,
pour imprimer dans leſdits *nerfs capil-*
laires les marques de leurs petites dents
pointues ; * ſelon ces mêmes Naturaliſtes, ſi la morſure eſt *hexagonale*, elle
produit la Poeſie ; eſt-elle *circulaire*,
elle cauſe l'éloquence, & quand ſa figure eſt *conique*, elle excite la perſonne, qui en ſent les impreſſions, à ſe perdre en profondes ſpéculations ſur les affaires d'Etat.

Il eſt tems à préſent de décrire en
peu de mots, l'artifice, par lequel la
voix doit être gouvernée, pour la communication, & l'augmentation de cet
eſpéce *d'eſprit*, qui eſt le ſujet de tout
ce grave diſcours. La choſe eſt de la
derniere importance, car ſans l'art de
donner le ton & la cadance néceſſaire,

---

* J'avoüe que je n'entends rien dans le ſentiment de ces Naturaliſtes, & je ne vois dans ces
morſures hexagonales, circulaires, & coniques
aucun raport naturel avec la poeſie, l'Eloquence, & les ſpéculations politiques.

à chaque mot, à chaque Syllabe, à chaque Lettre, toute l'operation eſt incomplette, elle manque les organes de l'Auditeur, & elle force l'artiſan lui-même à mille contorſions inefficaces, pour y ſuppléer.

Il faut ſavoir que dans le *langage ſpirituel*, un certain *chant*, & un certain *bourdonnement*, tiennent la place, qu'ocupent dans le langage humain le bon ſens, & la raiſon. & que dans les harangues ſanctifiantes, la diſpoſition des termes conformes aux regles de la grammaire n'eſt d'aucune utilité ; toute la Rhetorique y conſiſte dans le choix, & dans l'harmonie des ſyllabes, & l'Orateur s'y doit prendre de la même maniere, qu'un profond Muſicien, qui pour faire un air ſur des paroles, en change tellement l'ordre, qu'il en fait du Galimatias, avant que d'en faire une chanſon. Auſſi y a-t-il d'habiles gens, qui ſoutiennent que l'art de produire ce *chant ſpirituel*, n'eſt jamais dans toute ſa perfection, que quand il eſt conduit, & dirigé par l'ignorance; ils pretendent même, que *Plutarque* s'eſt expliqué là-deſſus d'une maniere enigmatique, en diſant, que les meilleurs

leurs inftrumens de Mufique fe font des os d'un *Ane*. Le mot dont il fe fert, défigne, felon fa fignification propre, & naturelle, une *Machoire*, quoique d'autres avancent, que dans ce paffage, il s'agit de *l'os pubis*. Je ne fuis pas affez temeraire pour décider d'un point de critique fi délicat, & fi épineux, & je laiffe au Lecteur pénétrant à fuivre l'opinion qu'il trouvera la plus probable.

Le prémier ingredient, qui doit entrer dans la compofition de ce chant devot, eft une grande doze *de lumiere interieure*. C'eft-à-dire en ftile ordinaire, une vafte memoire richement affortie de Phrafes Theologiques, & des textes les plus myfterieux de l'Ecriture Sainte, appliquez, & digerez, par les Opérations Mechaniques, dont j'ai déja fait mention ; les Porteurs de cette lumiere doivent reffembler parfaitement à ces lanternes faites de feuilles de vieilles Bibles de *Geneve*, & fi fort recommandées par le Chevalier * *Humphry Edwin* de Sainte memoire

qui

* Il eft fort naturel de croire qu'effectivement ce Lord Maire pouffoit l'extravagance devote, juf-

qui pendant qu'il étoit *Lord Maire*, ne négligea rien pour en introduire l'uſage, ſous prétexte d'acomplir par la à la Lettre le texte, que voici. *Ta parole eſt une lanterne à mes pieds, & une lumiere à mes ſentiers.*

Quand on eſt bien & duëment fourni de cette proviſion, il ne s'agit plus, comme je l'ai déja inſinué, que d'ajuſter le ton de la voix à chaque parole, que *l'eſprit* dicte, afin qu'elle frape les oreilles de l'Auditoire, par la cadence la plus ſignificative; la force, & l'Energie de cette ſorte d'éloquence, ne conſiſte pas, comme dans les Harangues des anciens Orateurs, dans le tour concis & laconique d'une ſentence, ni dans le nombre Harmonieux, qu'on ménage à des periodes entieres, mais ſe conformant aux roulemens rafinez, & ſavans, de la muſique moderne, elle s'atache à répandre du pathetique ſur des Lettres, & ſur des ſyllabes. Vous voïez ſouvent une ſeule voyelle aracher de profonds ſoupirs des entrailles de tous les Auditeurs, ſouvent

jufqu'à ſanctifier les lanternes, & qu'il alleguoit le paſſage cité ici pour y fonder ſa biſarrerie.

vent la mufique touchante d'une feule *liquide* fait fanglotter tout un Peuple, & même on obferve, que des fons in-articulez, ne produifent pas des effets d'une moindre force; quelquefois un *Maitre Artifan* fe mouche le nez avec fes doits, d'une maniere fi efficace, qu'il perce l'ame de tous fes Auditeurs portez à recevoir avec un refpect également religieux, les excremens, & les productions de fon cerveau; *éternuer, cracher, rotter*, défauts fi marquez de l'éloquence humaine, font les ornemens, les figures, & les fleurs de cette Rhetorique fpirituelle. C'eft toûjours le même efprit qui fe communique par là, à la multitude; & il n'importe, par quel vehicule il y paffe.

Ce feroit une affaire d'une difficulté qui aprocheroit de l'impoffible, que d'entreprendre de renfermer les principes de cet Art fameux dans les bornes de quelques regles convenables. Cependant je pourrois bien un jour favorifer le public, de mon * *Effay fur le jargon* de-

* Voyez devant la premiere partie le Catalogue des livres que l'Auteur promet au public.

devot confideré Phyfiquement Philofophi-
quement, & Muficalement.

Parmi tous les fecours, que l'Efprit
tire de la voix, il n'y en a point qui
puiffe être comparé à l'Art de faire paffer les fons par le nez, art merveilleux,
qui a eu une reception fi favorable
dans le monde, fous la dénomination
de *Nafillonnement.* L'origine de cette
pieufe inftitution eft fort ténébreufe ;
mais comme j'ai été initié dans ce Myftere, & qu'on m'a donné permiffion
d'en inftruire le public, je vais en donner la rélation la plus exacte, qu'il me
fera poffible.

Cet Art, comme plufieurs autres
inventions celebres, doit fa naiffance,
ou du moins fa perfection au hafard ;
mais il ne laiffe pas d'être fondé fur des
raifons très-folides, qui l'ont fait fleurir
dans toute notre Île depuis qu'il a été
connu, jufqu'à préfent. Tout le monde convient que l'Epoque de fa naiffance, eft la décadence des * *Mufettes,*
Tome II.   C   qui

---

* On a déja vu dans le *Conte du Tonneau* que
la mufique eft la chofe du monde, qui choque
le plus les Oreilles devotes des Enthoufiaftes.
L'Auteur dit ici, que les Mufettes tomberent
en

qui après avoir foufert long-tems fous la perfecution des *Freres fpirituels*, chancelérent à la fin , & tombérent entierement avec la Monarchie.

Avant que le Saint *Nafillonnement* fut encore en réputation. Il arriva un jour qu'un Béat de la premiere Claffe. S'étant engagé fort avant , parmi les *Tabernacles des Méchans* , fentit fon *homme exterieur* ému par des agitations violentes , & fortement excité même par *l'homme intérieur* ; Symtome affez ordinaire aux *infpirez modernes* ; car on prétend , que *l'Efprit* eft capable de fe jetter fur la chair , comme des guepes affamées fur la viande crue. D'autres s'imaginent que *l'Efprit*, & *la Chair* jouent enfemble, fans difcontinuer, * *à porter l'Ane* , & qu'ils font tour à tour

tan-

en Angleterre avec la Monarchie. Il veut parler du Regne du Fanatifme , qui fut prefque defpotique dans la Grande Bretagne fous *Olivier Cromwel* , après la mort de *Charles Premier* , qui entraina avec elle celle de l'Eglife Anglicane.

* C'eft un jeu fort ufité parmi les jeunes garçons, qui fautent les uns fur les autres , & qui de cette maniere font tour à tour *les Chevaux* , & *les Cavaliers*.

tantôt le Cheval , & tantôt le Cavalier. Ils y ajoutent , que quand *la
Chair monte l'Esprit*, elle est armée d'é-
normes éperons , & que lorsque c'est
son tour de porter , elle a la bouche
prodigieusement dure.

Quoi qu'il en soit , il arriva , que
par un effet naturel d'une forte inspiration le *Beat* sentit son *Vaisseau* s'étendre
terriblement de tous cotez , & le tems
& le lieu se trouvant également peu
convenables , pour évaporer *l'Esprit
superflu* , par en haut , moïennant la
lecture, la priere & la repetition , il fut
forcé de lui ouvrir un passage d'un autre coté. En un mot il lutta si long-
tems contre sa chair rebelle , qu'il la
domta à la fin , & qu'il sortit victo-
rieux du combat avec des blessures glo-
rieuses. Le Chirurgien vint bientôt à
bout de guerir les parties affectées ; mais
le *mal* chassé de son poste, monta dans
la tête, & semblable à un habile général , qui battu en raze Campagne , se
retire avec rapidité vers la Ville capitale pour y faire tête à l'ennemi , il
se fortifia tout auprès du cerveau ;
voïant qu'on faisoit des préparatifs pour
l'attaquer par le nez , il abatit le pont,

bou-

boucha le paſſage, & ſe retira dans les conduits les plus reculez du cerveau même.

Or les Naturaliſtes obſervent qu'il y a dans les nez humains une eſpece d'*Idio-ſyncraſie*, par la vertu de laquelle, plus ils ſont bouchez, & plus la voix ſe delecte à y chercher un paſſage, tout de même que la muſique ne paſſe par une flute que lorſque pluſieurs trous en ſont exactement fermez. C'eſt par là que ce *bourdonnement* de nez reſſemble parfaitement à celui d'une muſette, & qu'il flatte auſſi agréablement les oreilles Britanniques, que faiſoit jadis le ſon de cet inſtrument diſgracié.

Le *Beat* en queſtion en fut bientôt convaincu par ſa propre experience, & dans l'Operation Mechanique de l'Eſprit il emploia avec tout le ſuccès imaginable l'heureuſe faculté qu'il venoit d'aquerir; en peu de tems aucune Doctrine ne merita les Epithetes de ſaine, & d'Orthodoxe, à moins de paſſer par le nez; bientôt chaque Artiſan ſe mit à copier ce bienheureux original, & ceux qui ne pouvoient pas atteindre à ce haut degré de *Naſillonnement* par l'art ſeul, pouſſez par un noble zèle eurent recours

à

à la nature , & imitérent exaĉtement la Sainte lute du prémier Inventeur. C'eſt ainſi qu'on peut ſoutenir à la Lettre que les ſpiritualiſez ont acquis l'empire de la Sainteté par le *Naſillonnement* d'un animal , comme * *Darius* acquit celui de *Perſe* par le Hanniſſement d'un autre: la comparaiſon eſt d'autant plus juſte , que la bête Perſienne avoit couvert une Cavalle le jour avant l'éleĉtion , & que par là il avoit atrapé la Faculté de hannir à propos.

Je mettrois ici des bornes à cette Diſſertation auſſi curieuſe , qu'importan-

C 3   te,

---

* *Herodote* , & d'autres Hiſtoriens nous apprenent, qu'après la mort des Mages , qui par fourberie avoient placé un d'entr'eux ſur le Trone de *Cyrus* , ſous le nom de *Smerdis* , Frere de *Cambyſe* , *Darius* Fils d'*Hyſtaſpe* & ſix autres Seigneurs , qui avoient délivré leur Patrie , de cette tyrannie infame , reſolurent de donner la Royauté à celui des ſept dont le Cheval auroit hanni le premier ; pour abandonner de cette maniere ce choix important au ſort, ils devoient s'aſſembler tous hors de la Ville au lever du Soleil. L'écuier de *Darius* inſtruit de cette convention , y mena le ſoir avant l'éleĉtion le Cheval de ſon Maître , & le fit aprocher d'une Cavalle ; ce qui porta la bête à faire de grands Hanniſſemens dès que le lendemain il fut arrivé dans le même endroit.

te, fi je n'étois pas convaincu que tout ce que j'ai avancé fur ce fujet doit être de neceffité defendu, contre une objection des plus fortes. En fupofant vrai tout ce que j'ai dit, on peut foutenir que l'*Enthoufiafme artificiel* ne fauroit réüffir, fans quelques difpofitions naturelles, dans la Conftitution de certains individus, qui ne fe trouvent pas dans le temperamment de certains autres.

Cette objection ne paroit pas entierement deftituée de folidité ; obfervez le gefte, l'action, le mouvement, & la contenance, de quelques artizans du premier ordre, même dans les circonftances ordinaires de la vie, vous les prendrez pour une race differente du refte des créatures humaines. Je dis plus ; jettez les yeux fur les prétendans les plus communs de la *lumiere interieure*, voïez comme ils font fombres, ténébreux, & fales en dehors, ils font comme ces Lanternes, qui plus elles font illuminées en dedans, plus elles répandent de la fumée, plus le dehors en eft couvert de fuie, & d'autres matieres *fuligineufes* ; prêtez l'oreille à leurs difcours les plus ordinaires, &
exa-

examinez la maniere , dont ils les pro-
noncent , vous croirez entendre un ancien oracle , & vous en deviendrez tout
auffi favant.

Par ces raifons , & par d'autres femblables , on prétend prouver d'une
maniere invincible , qu'une fource naturelle de l'*Efprit* doit préceder l'*Art* ,
& occuper déja la tête des *Saints* , avant
qu'ils commencent l'opération. Il y
en a même qui foutiennent que ce fond
naturel n'eft autre chofe que la chaleur
du zèle qui fait fortir l'Efprit de la lie
de l'ignorance , comme de certaines
lies on fait tirer d'autres Efprits par la
chaleur du feu.

Pour placer ce fujet dans fon veritable jour , je deduirai ici d'une maniere
concife toute l'hiftoire du Fanatifme ,
des tems les plus anciens jufqu'à l'âge
préfent. Si nous y trouvons quelque
point fondamental , fur lequel tous les
Profeffeurs de cet art merveilleux , s'a-
cordent unaniment , je penfe que nous
pouvons nous en faifir fans fcrupule , &
le prendre hardiment , pour la femen-
ce , ou pour le principe de l'*Efprit*.

C'eft parmi les *Egyptiens* que les Hif-
toires anciennes nous découvrent les

C 4   pré-

prémieres traces du fanatifme, ils ont inftitué ces fêtes connues dans la *Grece* fous les noms *de Orgyes*, *Panegyres*, *& Donyfies*. Si elles ont été introduites par *Orphée*, ou par *Melampus*, c'eft ce que nous n'examinerons pas pour le préfent, & que probablement nous n'examinerons pas non plus dans la fuite. Elles étoient celebrées à l'honneur d'*Ofyris*, que les Grecs appelloient *Dionyfius*, & qui eft le même que *Bacchus*, ce fameux conquerant des *Indes* ; de là quelques Lecteurs fuperficiels ont conclu mal-à-propos, qu'il ne s'agiffoit dans ces ceremonies, que des extravagances d'une troupe de bruïants yvrognes. Mais c'eft là une erreur groffiere jettée à la tête des hommes par quelques Auteurs modernes, qui croïant que l'antiquité doit être faifie par la queuë, lifent à la maniere des *Juifs*, en commençant par la fin.

Ces gens d'une entendement trop litteral, prétendent conquerir tout un livre, en battant l'eftrade dans l'*Index*; tout comme fi un Voyageur vouloit nous donner la defcription d'un Palais dont il n'auroit vu que les *privez*. Qu'ils fachent ces ignorans-là, que lors de l'inl'inſtitution de ces Myſteres , l'uſage qu'on pouvoit tirer du fruit de la vigne n'étoit pas encore connu dans l'Egypte , & que les gens du Païs ne buvoient que de la groſſe bierre , qui a ſervi de boiſſon aux hommes long-tems avant le vin. Cette liqueur non ſeulement doit ſon origine aux *Egyptiens* , mais à *Oſyris* ou *Bacchus* lui-même qui dans ſa fameuſe expédition , en avoit la *recepte* dans ſa poche , & la communiquoit genereuſement aux Nations , à meſure qu'il les ſoumettoit à ſon pouvoir.

D'ailleurs *Bacchus* ne doit pas avoir été fort ſouvent yvre, parce qu'il étoit l'inventeur de la *Mitre* , qu'il portoit toûjours auſſi bien que tous ſes compagnons , pour prévenir par là les vapeurs, & les maux de tête, qui ſuivent d'ordinaire l'uſage exceſſif des liqueurs fortes. C'eſt pour cette raiſon , ſelon quelques Auteurs , que la *grande Paillarde* , quand elle enyvre les Rois de la Terre de ſa *coupe d'abomination* , ne ſe ſoule pas elle-même , quoiqu'elle ne refuſe jamais de vuider le verre à ſon tour ; elle ſe ſoutient , & elle demeure

C. 5.　　　　ferme

ferme fur fes pieds, par la vertu de fon *triple Diademe*.

Quoiqu'il en foit ces fêtes appellez *Bacchanales*, ont été inftituées en memoire de cette fameufe expedition de *Bacchus*, & toutes les ceremonies de ces fêtes, en étoient autant de fymboles, & d'Images. Il eft clair par confequent, que les rites fanàtiques de ces *Bacchanales*, au lieu d'être mis fur le compte de la vigne, doivent être attribuez à une fource plus profonde, & plus difficile a déterrer.

Pour y réüffir, il eft bon de prendre garde à quelques circonftances de ces fameux Mifteres, il faut remarquer d'abord, que dans ces *proceffions cérémonielles*, il y avoit un mélange confus des deux Sexes, qui affectoient de courir enfemble par les montagnes, & par les deferts. Ils étoient couronnez de Guirlandes faites de lierre & de Pampre, emblêmes de l'union & de l'atachement, & quelquefois auffi de branches de fapin, proche parent du *Therebinthe* fi reconnu par fa chaleur. Ils imitoient les Satyres, ils avoient des Boucs à leur fuite, & ils montoient des Anes, qui font tous des drôles renommez pour leurs

leurs talens en matiere de galanterie.
Au lieu de drapeaux, ils portoient certaines machines très-curieufes dreffées
au haut de quelques perches & très-
femblables aux armes du Dieu des jardins avec leurs dépendances. C'étoient
autant d'ombres, ou de figures de tout
le miftere amoureux, ou bien autant
de trophées érigées par le beau Sexe en
memoire de fes triomphes. Une autre
circonftance plus remarquable encore
c'eft que dans une certaine Ville de
l'Attique, toute la Ceremonie fe dépoüil-
loit de tout ce qu'elle avoit d'emblema-
tique, & de figuré ; on les celebroit
in puris naturalibus , & les Pelerins ne
s'arrangeoient pas en differentes bandes,
mais en differens couples.

On peut tirer la même conclufion
de la Mort d'*Orphée* , un des Fonda-
teurs de ces Rites, qui fut dechiré par
les Femmes parce qu'il refufoit de leur
communiquer fes *Orgyes*, ou comme difent les autres, parce qu'il s'étoit privé des
témoins des plaifirs qu'il avoit goutez
avec fa Femme, pouffé à cette inhu-
manité par la douleur de l'avoir perduë.

Sans m'arrêter plus long-tems aux fanatiques du Paganifme, je remarque-

rai

rai que les premiers Enthousiastes de
distinction, qu'on a trouvez parmi les
Chrêtiens, ont été ces Sectes nom-
breuses d'Hérétiques, qui ont paru
dans les cinq premiers Siécles, depuis
Simon le Magicien, jusqu'à *Eutiches* ;
j'ai rassemblé leurs Systêmes differens
par le travail d'une lecture infinie, &
en les comparant avec ceux qui ont
suivi leurs traces dans les tems plus modernes, je trouve que les irregularitez
& les extravagances même de l'Esprit
humain ont leurs bornes, & que s'é-
loignant les uns des autres dans la plûpart de leurs reveries, ils ne laissent pas
de se rencontrer dans un point capital,
savoir la Communauté des Femmes.
Plusieurs de leurs idées se sont toûjours
abouties-là, & il y a dans tous leurs
Systêmes quelques articles, qui tendent à établir cette agréable confu-
sion.

Les derniers fanatiques de marque
furent ceux qui se leverent en *Allema-
gne* comme des Champignons, peu de
tems après la réformation de *Luther* ;
tels furent *Jean de Leyden*, *David Geor-
ge*, *Adam Neuser*, & plusieurs autres,
dont les visions, & les revelations se
ter-

terminoient toutes à la liberté de me-
ner chacun avec foi une demi-douzaine
de *Femmes-Sœurs* , & à faire de cette
pratique une partie effentielle de leur
Syftême.

La vie humaine eft une navigation
perpetuelle , & fi nous voulons que
nos *Vaiffeaux* paffent en fureté , au
travers des vagues , & des tempêtes de
ce monde orageux , il faut de neceffité
faire une bonne provifion de ce qu'on
apelle en langage devot , *la chair* ,
comme les Mariniers , qui ont à faire
un Voyage de long cours fe fournif-
fent d'une ample quantité de bœuf
falé.

Je laiffe-là les *Mahometans* , & d'autres qui pourroient donner une nouvelle force à mon argument , & je paffe
encore fous filence plufieurs fubdivi-
fions de Sectes parmi nous , comme
* *la Famille de l'amour* , les *doux chan-
tres d'Ifraël* , & d'autres ; il me fuffit
du court examen , que je viens de faire
des principales Sectes de fanatiques anciennes , & modernes , pour conclure

C 7   du

---

* Ce font de petites Sectes fubdivifées de fanatiques dans la Grande Bretagne.

du point de doctrine fondamental, dans lequel ils se font tous acordez unanimement, que le principe ou la semence, des visions touchant les matieres invisibles, a toujours été d'une nature corporelle ; aussi les plus profonds Chymistes nous asseurent, que les *Esprits* les plus forts peuvent être tirez de la chair humaine. D'ailleurs la moëlle spinale n'étant autre chose que la continuation du cerveau, doit de necessité faire une communication fort libre entre les facultez superieures & inferieures de l'homme, & par la l'éguillon *dans la chair*, peut devenir un *éperon* pour animer *l'Esprit*.

Ajoûtons à toutes ces veritez incontestables que tous les medecins conviennent, que rien n'affecte d'avantage le cerveau que les esprits amoureux détournez de leur Cours ordinaire, & renvoïez vers la tête, & qu'elle y cause souvent la frenesie, & la fureur.

Un illustre membre de la faculté m'asseura un jour, que quand les *Quakres* commencérent à paroitre dans notre Ile il lui vint des Patients Feminins

en

en foule, toutes très-propres à ocuper les petites maisons de *Cythere* ; il n'y a rien la d'étonnant ; en general il n'y a point de personnes d'une complexion plus amoureuse, que les dévots visionnaires de l'un, & de l'autre Sexe. Le zèle emprunte sa chaleur bien souvent de la même cause que l'amour, & de la tendresse fraternelle à la galanterie, il n'y a que la main. Il est certain même que rien ne ressemble mieux à la conduite des *Spiritualisez*, que le procedé des Amans. Le commencement de la galanterie consiste d'ordinaire dans une maniere devote de tourner les yeux, le ton des amants est un espece de chant plaintif entrecoupé par intervalles bien compassez, de soupirs & de gemissemens. Leur stile est un Galimatias éloquent, un tas de paroles confuses & très-sujettes à la repetition. Ce sont la certainement les manieres les plus propres à gagner les cœurs des Femmes, & tout le monde conviendra, je croi, que les *Beats* les savent emploïer avec plus de dexterité que les galans les plus stilez à conter fleurettes au beau Sexe.

Si

Si après tant de demonſtrations d'u-
ne force invincible , quelqu'un eſt encore aſſez ſtupide , pour douter de ma
theſe , je lui dirai , que je ſuis informé
moi-même par quelques *Freres Sanguins*
de la prémiere Sainteté qu'il leur eſt arrivé frequemment , dans le plus haut
degré de leur *orgaſme* ſpirituel de. . . . .
. . . . . . & de ſentir auſſi-tôt que l'eſprit s'affoibliſſoit avec les nerfs , ce qui
les forçoit à ſe hâter de conclure leurs
diſcours.

Cette experience eſt encore confirmée par le penchant merveilleux , &
ſurprenant , que tout le beau Sexe en
général a pour les Prédicateurs fanatiques , quelques deſagréables qu'ils
puiſſent être , dans leur figure , &
dans leurs airs. On ſuppoſe d'ordinaire ,
que cette eſpece de tendreſſe n'eſt fondée que ſur des vuës purement ſpirituel-
les , ſans aucun mélange de *la chair* ,
mais mille petits accidens ſont capables
de prouver le contraire , & je ſuis perſuadé quant à moi , que les Femmes ju-
gent des talens des hommes par certaines marques Characteriſtiques , dont
nous n'avons pas la moindre idée nous
mêmes nous autres mâles.

Sans

Sans aller à la recherche des caufes de cette habileté dans le beau Sexe, je conclurai de toutes mes preuves précedentes, que les *intrigues fpirituelles* finiffent généralement comme toutes les autres ; & que la tendreffe devote quoi qu'elle pouffe quelque branches vers le Ciel, ne laiffe pas d'avoir fa racine dans la terre. Une contemplation trop forte n'eft pas l'affaire de la chair & du fang; elle a beau s'atacher à l'efprit ; en peu de tems elle eft obligée de lâcher prife, & de tomber dans la matiere. Ceux qui s'aiment fous prétexte d'un Commerce fpirituel, qui n'a que le Ciel en vuë, ne font qu'une Secte de *Platoniques*, qui croïent voir le Firmament & les étoiles dans les yeux des belles, fans fonger feulement à des vuës plus baffes ; mais le même puits s'ouvre fous la *fublimité d'Efprit* des uns & des autres; ils reprefentent parfaitement bien ce Philofophe, qui, pendant que fes yeux & fon efprit, étoient fixez fur des conftellations, fut entrainé dans un foffé par la pefanteur de ce qu'il avoit de materiel.

Je m'étendrois d'avantage fur cette partie de mon fujet, mais la pofte va
par-

partir , & je ſuis contraint de mettre des bornes à ma Lettre, je ſuis.

Je vous prie de brûler cette lettre dès que vous l'aurez lue.

RECIT VERITABLE, & EXACT,

d'une

BATAILLE

Entre les Livres

ANCIENS & MODERNES,

Donnée Vendredi passé

DANS LA

BIBLIOTHEQUE

DE

St. JAMES.

AVERTISSEMENT

DU

LIBRAIRE.

LE difcours fuivant eft inconteſta-
blement du même Auteur, que
les Ouvrages qui précedent, & il a vu
le jour pour la prémiere fois à peu près
dans le même tems que les autres, je
veux dire l'an 1697. lorſque la fameuſe diſpute ſur les anciens, & ſur les
modernes, étoit dans ſon plus haut
point de chaleur. Elle tira ſon origine
d'un Eſſay du Chevalier *Guillaume Temple* ſur ce ſujet; *M. Wotton* y répondit
& le fameux *M. Bentley* ajoûta à cette réponſe un Appendix, dans lequel
il s'efforce de décrediter *Æſope* & *Phalaris*, que le Chevalier avoient extrêmement louez dans ſon Eſſay. Cet
Appendix ſe jette avec fureur ſur une
nouvelle édition de Phalaris publiée par
le Sieur *Charles Boyle*, à préſent Comte
d'Orery, qui refuta le Docteur ver-
tement, mais avec beaucoup d'Eſprit

&

& d'érudition; M. Bentley *riſpoſta* par un grand volume , où le Chevalier ne fut pas épargné , non plus qu'il l'avoit été par la Diſſertation du Sieur Wotton.

Tout le monde ſavant & poli fut offenſé de voir un homme du Caractere du Chevalier Temple traité avec tant de rudeſſe de ces deux Champions des Modernes , ſans jamais avoir reçû la moindre offenſe de cet homme illuſtre, & l'on ſouhaita ardemment que quelque bonne plume les fit répentir de leur groſſiereté; notre Auteur l'entreprit & l'executa avec tout le ſuccès imaginable.

Il nous dit que les Livres de la Bibliotheque de *St. James* , ſe conſiderant comme parties extrêmement intereſſées dans cette diſpute , entreprirent eux-mêmes de la décider par le ſort des armes , & qu'ils en vinrent à une Bataille déciſive. Il en décrit pluſieurs particularitez , mais malheureuſement le Manuſcrit, n'importe par quel accident, eſt tellement gâté, qu'il y a pluſieurs lacunes conſiderables , & que le Lecteur curieux ne ſauroit aprendre

pour

pour quel parti la victoire s'étoit dé-
clarée.

Je ſuis obligé en conſcience d'avertir
ici le public, que tout ce qui ſe dit ici
doit être apliqué, dans le ſens le plus
literal, au caractere des Livres, dont
il s'agit, & non pas à celui de leurs
Auteurs; quand, par exemple il eſt parlé de *Virgile*, il ne faut pas entendre
par là le fameux Poëte, qui a porté ce
nom; mais uniquement certaines feüil-
les de papier reliées, qui contiennent
ſes Ouvrages. Le but de l'Auteur n'eſt
que de perſonaliſer les Livres, & de les
faire agir d'une maniere conforme au
tour d'eſprit, qu'on y trouve.

PRE-

PREFACE

DE

L'AUTEUR.

LA Satyre eft une efpece de Miroir où l'on voit les vifages de tout le monde fans y découvrir fes propres traits ; c'eft là la raifon principale de la reception favorable, qu'elle rencontre, dans le monde, & du peu de chagrin qu'elle y donne à ceux-là même, qui en font les objets. Si ce que je donne ici au public n'a pas le même heureux fort, contre la regle generale, je m'en mettrai fort peu en peine. J'ai appris par une longue experience, qu'il n'y a pas de grands inconveniens à craindre, de la part de certains genies, tels que ceux que j'ataque ici ; la colere & la fureur, quoi qu'elles ajoutent de nouvelles forces au corps, ne font qu'affoiblir l'Efprit & rendre tous fes efforts vains, & inutiles.

Il y a tel cerveau, qui ne fauroit, pour ainfi dire, être écrémé, qu'une feule fois; fon proprietaire fait bien d'affembler cette

heu-

heureuſe créme , avec ſoin & de l'emploïer avec Æconomie ; mais qu'il ne ſe
hazarde pas à l'expoſer aux coups de foüet
de plus habiles gens que lui , s'il ne veut
pas qu'elle tourne toute en impertinences ,
ſans qu'il ait le moindre moïen d'y ſupléer
de nouveau.

L'eſprit ſans l'érudition , n'eſt effectivement qu'une eſpece de créme , qu'une
ſeule nuit peut faire ſurnager ſur la ſu-
perficie du cerveau ; mais fouettée par
une main habile , elle ſe met bientôt entierement en vent & en écume , ſous laquelle , il n'y a que du petit lait , qui
n'eſt bon qu'à être jetté aux cochons.

R E-

RECIT FIDELLE,

ET EXACT DE LA

BATAILLE

DES

LIVRES.

Lufieurs Livres remplis de Philofophie & de morale dé-bitent gravement, que la *Guerre eft l'Enfant de l'Or-gueil*, *& que l'Orgueil eft celui de la Ri-cheffe*. On peut en quelque forte fouf-crire à la prémiere partie de cette *pro-pofition fententieufe* ; mais la feconde eft certainement très-contraire à l'expé-rience. *L'Orgueil* eit apparenté de près au *befoin*, & à la mendicité tant du coté paternel, que du coté maternel, & pour parler naturellement la Guerre

Tome II. D s'exs'excite rarement parmi les gens, qui croient avoir tout ce qu'il leur faut ; elle étend d'ordinaire sa course du Nord vers le Sud , c'est-à-dire *de la pauvreté vers l'abondance.*

Les sources les plus anciennes, & les plus naturelles des querelles, & des combats, sont *l'incontinence*, & *l'ava-rice*, qu'on peut apeller Sœurs de *l'or-gueil*, & qui sont sans contredit Filles du *besoin* ; pour parler ici le langage des Auteurs Politiques, on peut obser-ver dans la République des Chiens, qui paroît être originairement, une De-mocratie, que tout l'Etat est en pleine paix après un bon diner , & que la Guerre Civile s'y allume dès qu'il arri-ve qu'un Os succulant, & de bonne taille est saisi par quelque *Chien à grand Collier.* S'il en fait part à quelques uns de ses Camarades, le Gouvernement se change , en * *Oligarchie*, & s'il garde tout le butin pour lui seul, il in-troduit le *Despotisme, ou la Tyrannie.*

On peut faire la même remarque sur les dissensions qui se levent parmi eux, à l'occasion de quelque belle du quar-tier,

* C'est le Gouvernement d'un *petit nombre.*

tier, que la nature porte à la propaga-
tion de l'Espece. Dans un cas si délicat, il n'est pas possible d'établir le
moindre titre de possession, & il vaut
mieux soutenir, que tous les chiens
voisins ont sur elle des prétentions également bien fondées, ce qui excite
parmi tous les rivaux tant de soupçons,
& une si grande jalousie, que la *République Canine* de toute cette ruë est reduite à un état de Guerre ouverte, où
chaque citoïen a tout à craindre de
tous les autres. Ces troubles, & cette émeute dure, jusqu'à ce qu'un membre de cette Societé plus heureux, plus
brave ou plus fin que les autres saisisse
la proïe, & en fasse ses Choux gras,
ce qui attire à ce galant favori la jalou-
fie & les *Grogneries* de tous les amans
disgraciez.

Si nous jettons les yeux sur de pareilles Républiques engagées dans une
Guerre étrangere offensive, ou défen-
sive, nous y découvrirons les mêmes
motifs ; la pauvreté ou le besoin réel,
ou imaginaire, car c'est la même chose par raport aux effets, y influë toûjours tout autant que l'orgueil, du
moins du coté de l'aggresseur.

Si

Si l'on veut bien apliquer ce Systê-
me à un *Etat intelligent*, *ou République
de Lettres*, on découvrira bientôt la
fource de la Guerre, qu'on pouffe à
préfent avec tant de vigueur de coté &
d'autre, & l'on pourra juger fans peine, quel parti a la caufe la plus jufte.
Il eft vrai que la victoire ne panche
pas toûjours du même coté que la juftice.

*Les Dieux font pour Céfar, mais Caton
fuit Pompée.*

Et il eft difficile de déviner jufqu'à
préfent, à quoi aboutiront tant de
cruels combats ; chaque parti voit à fa
tête des Chefs tellement animez, &
les prétenfions de coté, & d'autre,
font fi exorbitantes, qu'elles ne font
pas fufceptibles de la moindre ouverture d'accommodement.

Le fujet de la querelle n'eft autre
chofe qu'un terrain de petite étenduë,
fitué fur une des collines du *Parnaffe* ;
celle, qui eft la plus fpacieufe, & la
plus haute, a été de tems immémorial
dans la poffeffion de certaines gens nom-
mez les *Anciens*, & la plus baffe eft
pof-

poſſedée par ceux , qui prennent le titre de *Modernes*. Ces derniers mécontens du poſte , qu'ils ocupoient , s'aviſérent un jour d'envoïer des Ambaſſadeurs aux *Anciens* , pour ſe plaindre , comme d'un grief conſiderable , de ce que la hauteur de la partie du Parnaſſe ocupée par leurs voiſins , leur bornoit la vuë , principalement du coté de * l'Eſt ; pour éviter tout ſujet de querelle ils leur propoſérent cette alternative gracieuſe ; ou de déloger de cette colline élevée & de ſe tranſporter avec tous leurs effets , ſur le coupeau le plus bas , que les modernes leur cederoient avec plaiſir ; ou bien de permettre auxdits modernes , de venir avec des *pelles* & des *beches* pour abaiſſer la colline la plus élevée , comme ils le trouveroient à propos.

Les anciens répondirent aux Ambaſſadeurs ; qu'ils ne s'étoient attendus à rien moins , qu'à une pareille propoſition de la part d'une colonie , à qui par pure grace ils avoient donné la liberté

---

* C'eſt du coté de l'Orient que les Arts les Sciences , & le bel Eſprit ſe ſont répandus dans le monde.

berté de s'établir dans leur voifinage;
que rien n'étoit plus abfurde que de
prétendre, qu'ils délogeaffent d'un endroit, qui avoit été la Patrie de leurs
Ancêtres depuis la naiffance du monde,
& que fi la hauteur de leur colline bornoit trop la vuë des *modernes*, c'étoit un
inconvenient, ou ils ne pouvoient pas
remédier; mais que lefdits modernes
devoient confidérer, qu'ils en étoient
fuffifamment dédommagez par l'ombre
dont cette même hauteur les favorifoit;
que pour ce qui régardoit l'offre, qu'ils
faifoient d'abaiffer le *coupeau*, dont la
hauteur leur étoit importune, il y avoit
de la folie, & de l'ignorance à le propofer, puifque toute cette colline,
étoit d'un roc fi dur, qu'ils ne feroient,
qu'y ufer en vain leurs outils, & leurs
forces; que par conféquent les *modernes* feroient mieux de fonger à élever
leur propre terrain, & que tout le
Peuple des *anciens* ne le permettroit pas
feulement, mais qu'il s'offroit à y contribuer de tout fon pouvoir.

Cet expédient fut rejetté avec beaucoup de mépris par les modernes, qui
continuoient toujours à infifter fur leur
al-

alternative, que les anciens n'avoient garde d'accepter.

Là-deſſus on en vint à une rupture ouverte ſuivie d'une Guerre cruelle, & opiniâtre ſoutenuë du coté des anciens par la valeur des chefs & par le ſecours de quelques braves Alliez, & du coté des modernes par la ſupériorité du nombre, qui par des recruës continuelles réparoit en moins de rien les pertes, qu'ils ſoufroient dans les combats; peu de jours ſe paſſent qu'il n'y ait quelque rencontre, & déja on a répandu des ruiſſeaux entiers d'Ancre; qui n'ont fait qu'augmenter l'aigreur, & l'animoſité des deux partis.

Je ſuis obligé d'avertir ici le Lecteur que ce qui ſert de fleches & de javelots dans les *Combats Savans*, c'eſt cet *Encre* qu'on fait ſortir avec violence de certaines machines nommées *plumes*, qui ſont lancées ſur l'ennemi par les Heros des deux Armées, avec force, & avec adreſſe ce qui fait reſſembler leurs Batailles aux Combats des *Porc-Epics*.

Cette liqueur dangereuſe a été compoſée par l'Ingenieur qui l'inventa, de deux Ingrédiens, de *noix de Galle* &

de

de *Couperofe*, qui par leur amertume, & leur venin font convenables au ca-ractere des Combattans, & propres à enflammer leur Bile & leur animo-fité.

C'étoit une coutume, parmi les Grecs, après un combat dont la vic-toire pouvoit en quelque forte pafler pour douteufe, de drefler des trophées de coté, & d'autre; ceux qui avoient réellement eu le deffous, vouloient bien faire cette dépenfe, aufli bien que les vainqueurs, pour ne pas abatre le courage de leur parti; il y avoit dans cette coutume quelque chofe de fi no-ble, & de fi prudent qu'on l'a fait re-vivre depuis peu, & qu'on en a fait un Article important de l'Art mili-taire.

Nos Savans Guerriers ont trouvé bon de l'adopter, & d'y rafiner encore; après une difpute opiniâtre & fanglan-te, chaque parti drefle des trophées à fa prétenduë victoire, avec de magni-fiques infcriptions contenant les preu-ves de la juftice de fa caufe, avec un recit fidelle & impartial de la Bataille, & de toutes les particularitez, qui doi-vent le faire pafler pour *vainqueur*; les tro-

trophées de ceux , qui ont été batus
font toujours les plus pompeux , & les
plus chargez d'oftentation. On leur
donne les titres d'*Argumens*, de *Difpu-*
tes , de *Confiderations Briéves* , de *Re-*
ponfes , de *Repliques* , de *Remarques* ,
de *Reflexions* , d'*Objeǎions* , & de *Re-*
futations ; on les érige en * original ,
& quelquefois auffi en † *abregé* dans
toutes les places publiques , pour les
expofer à la curiofité , & à l'admira-
tion de tous ceux , qui paffent ; de là
les principaux , & les plus grands font
tranfportez dans certains Magazins ,
qu'on apelle *Bibliotheques* , où on leur
affigne un quartier à part , dans lequel
ils commencent à briller fous le nom
de *Livres de Controverfes*.

§ Ces Livres confervent d'une ma-
D 5   niere

---

* Les Ouvrages mêmes.

† Les titres affichez aux coins des ruës.

§ Toute cette allegorie eft pleine de beautez, &
il eft difficile de trouver aucune produǎion de
l'Efprit humain , où il y ait tant de feu , tant
de force d'imagination , & une ironie auffi fine;
il faut pourtant avouër qu'elle eft extrêmement
forcée , & que l'imagination du Leǎeur a de la
peine à fe prêter à des livres qui font armez de
Cuiraffes, de Javelots, &c. qui montent à Cheval,

niere prefque miraculeufe le caractere,
& l'Efprit qui a animé les Heros eux-
mêmes, pendant qu'ils étoient en vie;
foit que l'ame de ces Guerriers fi vienne loger après leur mort par une Me-
tampficofe affez naturelle, comme c'eft
l'opinion la plus generalement reçûë;
foit qu'il arrive dans les Bibliotheques
ce qui eft ordinaire dans les autres *Ci-*
metieres, où l'on prétend qu'un certain
Efprit, ou une certaine Ombre rode
à l'entoure du monument jufqu'à ce
que le cadavre foit entierement réduit
en poufliere.

Ces
val, qui ont des bras, des jambes, une tête.
La vraifemblance eft l'ame de la fiction. On
pourroit pourtant diminuer un peu cet inconvenient, fi l'on vouloit fupofer, que toutes ces
actions guerrières & tout cet équipage eft attribué ici à ces *Ombres* qui hantent les Bibliotheques, à ce que dit l'Auteur, commes les Ombres des corps humains rodent autour des Ci-
metieres. S'il avoit voulu un peu mieux déveloper cet expedient, l'imagination du Lecteur
en auroit été extrêmement foulagée; c'eft dommage que dans certains endroits il paroit boucher lui-même l'ouverture qu'il nous donne ici,
en mettant un livre veritable à la place d'un Cavalier, avec tout fon équipage. J'ai trouvé bon
de tourner ces endroits un peu autrement, pour
ne pas choquer la Critique délicate du public
François.

Ces *Esprits*, qui hantent les Bibliotheques font généralement d'un naturel
fort inquiet, & fur tout ceux qui ap-
partiennent aux livres de controverfes
font d'une violence, & d'une fougue fi
épouvantable, que les Bibliothecaires
font obligez de les releguer dans quelque
coin à part ; la prudence de nos Ancêtres eft allé même jufqu'à les lier de
* chaines de fer pour empêcher leurs
violences, & pour les forcer à la Paix;
voici le motif qui leur infpira cette
penfée falutaire. Dès que les Ouvrages de *Scot* parurent dans le monde, on
les plaça dans une certaine Bibliotheque très-fameufe , & on leur affigna
leur quartier ; mais à peine cet Auteur
fut il établi dans ce féjour, qu'il alla
faire une vifite à fon Maitre *Ariftote* ;
après les complimens ordinaires ils fi-
rent une Confpiration contre *Platon*,
qu'ils réfolurent de faifir par force , &
d'aracher du pofte, qu'il avoit ocupé parmi les Theologiens depuis plus
D 6   de

---

* Les livres dans les Bibliotheques publiques
en Angleterre font atachez aux planches par de
petites chaines, afin qu'on ne les emporte pas.

de huit cens ans , fans avoir jamais été troublé dans cette poffeffion.

L'entreprife réuffit , & depuis ce tems-là ces Ufurpateurs ont joüi paifiblement du fruit de leur crime ; mais pour empêcher de pareilles violences à l'avenir , on prit la refolution d'enchainer tous les *Ouvrages Polemiques* , d'une taille un peu au-deffus de la médiocre.

Par cet expédient la Paix auroit pu être maintenuë dans les Bibliotheques s'il ne s'étoit pas levé depuis peu une nouvelle efpece de livres de controverfe animez de l'efprit le plus brouillon , à caufe de la difpute fufdite entre les Savans touchant la colline la plus élevée du Parnaffe.

Je me fouviens , que lorfque ces Ouvrages furent admis dans les Bibliotheques publiques, j'ai dit à plufieurs perfonnes intereffées dans cette affaire , que j'étois perfuadé , qu'ils exciteroient des troubles , de quelque coté qu'on les placât , à moins qu'on ne le prevint avec tout le foin imaginable. Mon avis étoit qu'on enchainât enfemble les chefs de chaque parti , afin que par ce mélange leurs exhalaifons malignes

gnes s'émouffaffent & fe détruififfent à
la fin, fans nuire à perfonne, comme on
voit des poifons d'une differente nature
perdre leurs forces quand on les mêle
enfemble. Je ne fus dans cette occafion ni mauvais Prophete, ni mauvais
Confeiller, & ce n'eft que faute de cette précaution, que s'eft donnée Vendredi paffé cette terrible Bataille, entre
les *Anciens* & les *Modernes*, dans la Bibliotheque de Sa Majefté.

Ce combat eft devenu le fujet general de toutes les converfations de la Ville ; & comme on eft dans une impatience extraordinaire d'en favoir toutes
les particularitez, me trouvant les qualitez requifes à un bon Hiftorien, &
n'étant aux gages d'aucun des partis,
je me fuis laiffé aller à l'importunité de
quelques Amis très-confiderables, &
j'ai refolu d'en faire un *recit exact &*
impartial.

Le * Chatelain de la Bibliotheque
Roïale, un Chevalier renommé par fa
grande valeur, & fur tout par fa politeffe, & par fes belles manieres s'é-
toit declaré pour les *modernes*, & en

D 7   avoit

* Le Dr. *Bentley.*

avoit été un des plus fiers champions ;
dans une Efcarmouche , qui étoit arrivée fur le *Parnaffe* il avoit fait veu de
terraffer de fes propres mains deux chefs
du parti oppofé , qui gardoient un dé-
filé au haut du roc ; mais en s'efforçant
de grimper jufque-là , il avoit été extrêmement traverfé par fa Pefanteur , &
par fa *force centripete* , une qualité fort
ordinaire parmi ceux , qui ont embraf-
fé le parti des modernes.

Comme ils ont la tête fort legere ,
ils ont une grande vivacité dans leurs
fpeculations ; il n'y a rien de fi élevé,
où ils ne s'imaginent pouvoir atteindre
fans peine, mais quand ils veulent mettre leurs fpeculations en pratique , ils
fentent un poids extraordinaire autour
de leur talons , & de toutes les parties
inférieures de leur corps.

Aïant manqué de cette maniere un
deffein fi glorieux , le Heros difgracié
de la fortune , en eut une rancune pro-
digieufe contre les *anciens* ; il ne négligea rien pour en donner des marques , en plaçant dans les apartemens
les plus magnifiques du Château les
Ouvrages de leurs adverfaires , dans le
tems que tout livre , qui ofoit fe déclarer

rer fauteur des anciens, étoit enterré tout vif dans quelque reduit obfcur , & menacé d'être jetté par les fenêtres, dès qu'il donneroit la moindre marque d'être mécontent d'un traitement fi inhumain.

Il arriva environ le même tems, que parmi tous les livres de cette fameufe Bibliotheque il regnoit une grande confufion de rang , dont on donnoit plufieurs raifons differentes ; quelques uns l'attribuoient à une bonne quantité de *poufiere favante* , qu'un tourbillon de vent avoit enlevé d'une planche remplie de modernes , & jettée dans les yeux du *Seigneur Chatelain*.

D'autres affeuroient , qu'il fe faifoit un plaifir *d'éplucher les vers des Auteurs Scolaftiques* , & de les manger tout en vie, à fon déjeuner , & que par malheur quelques uns de ces infectes s'étoient gliffez dans fa ratte dans le tems que d'autres étoient montez dans fon cerveau , ce qui ne pouvoit que caufer de grands troubles dans l'une & dans l'autre de ces parties. Il y en avoit enfin , qui foutenoient , qu'à force de fe promener dans les ténébres , par les Galeries de la Bibliotheque , il en avoit
ab-

abſolument oublié la ſituation , & que
par là , quand il s'agiſſoit de remettre
les livres dans leurs niches , il étoit
ſujet à ſe méprendre , & à placer *Des-*
Cartes, a côté d'*Ariſtote*. C'eſt ainſi
que le pauvre *Platon* ſe trouvoit entre,
Hobbes , & entre *l'Hiſtoire des ſept Sa-*
ges , & que *Virgile* avoit pour plus pro-
ches voiſins , *Dryden* d'un coté , &
Withers de l'autre.

Les affaires ſe trouvant dans cette
ſituation , les livres , qui s'étoient déclarez les patrons des modernes, choiſi-
rent un d'entr'eux pour faire le tour de
la Bibliotheque , afin d'examer le nombre & la force de ceux de leur parti.

Le Deputé s'acquitta de ſa commiſſion avec beaucoup d'adreſſe , & apor-
ta avec lui une liſte de tous leurs Par-
tiſans qui étoient en état de porter les
armes , ils étoient en tout cinquante
mille, la plûpart Chevaux-legers, Infanterie peſemment Armée , & Troupes Mercenaires , il eſt vrai que les
Fantaſſins avoit d'aſſez mauvaiſes armes,
& de plus mauvais habits. Les Cavaliers étoient d'une grande taille , mais
ſans vigueur , & ſans feu , excepté
quelques uns, qui étoient devenus d'aſſez

fez bons Guerriers, en voïageant parmi les anciens.

Tout étoit alors dans une grande crife, la Difcorde, qui pofe fes pieds à terre, & qui leve fon front jufques dans les Cieux, s'étoit faifi du cœur des Heros ; le fang leur bouillonnoit dans les veines, & leur haine commença à éclater par des invectives.

Dans ces circonftances un Ancien fe trouvant tout feul de fon parti fur une planche, qui fe plioit fous les Modernes, offrit avec beaucoup de moderation, de plaider la caufe de fon parti, & de faire voir par de bonnes preuves, qu'il méritoit le premier rang, par fa longue poffeffion, par la prudence de fa conduite, par fon antiquité, & fur tout, par les bienfaits, dont il avoit comblé les modernes. Les autres nierent hardiment toutes ces propofitions; ils s'étonnerent fur tout de ce que les anciens ofoient infifter fur leur *antiquité*, pendant qu'il étoit de la derniere évidence, que c'étoient précifement les *modernes, qui étoient les plus anciens.* *D'ailleurs* continuerent-ils, *vous avez grand tort de parler des obligations, que nous avons à ceux de votre parti, il eſt*

vrai

vrai que nous sommes informez, que quelques uns d'entre nous ont été assez lâches, pour vous emprunter leur subsistance; mais les autres, qui font le plus grand nombre sans comparaison, & sur tout nous autres Anglois & François, *Nous sommes si éloignez d'imiter un exemple si honteux, qu'à peine avons-nous eu jamais un quart d'heure de conversation avec vous autres. Nos Chevaux sont nourris dans nos propres haras, nos armes sortent de nos propres forges, & c'est à notre propre adresse, que nous devons l'étoffe, & la façon de nos habits;* par hasard *Platon* se trouva sur la planche voisine, & voïant que ceux, qui venoient de parler, étoient tout en *guenilles*, comme je l'ai tantôt insinué; que leurs Chevaux, n'étoient que des haridelles, que leurs Armes n'étoient que de bois pourri; & que la rouille couvroit leurs cuirasses d'un bout à l'autre, il se mit à rire, & prenant cet air ironique qu'il avoit herité de *Socrate*, il jura par l'ame de son Maître *qu'il étoit de leur sentiment.*

Les *Modernes* ne s'étoient pas conduits dans leurs brigues, avec assez de secret, pour en dérober la connoissance

ce à leurs adverſaires ; ceux qui avoient
commencé la querelle , en voulant diſ-
puter le rang aux *anciens* , avoient parlé ſi haut , d'en venir à une Bataille ,
que *Temple* l'ayant entendu en avoit
averti ſes bons Amis, qui là-deſſus raſ-
ſemblerent leurs forces diſperſées, dans
l'intention d'agir défenſivement ; ce
qui fit deſerter pluſieurs modernes , &
entre autres *Temple* lui-même , pour ſe
ranger ſous les Etendarts des *anciens*.
Il avoit été élevé parmi eux , & les
habitudes qu'il avoit contractées avec
leurs chefs, avoient établi entre eux &
lui un Commerce d'amitié étroite.
Auſſi leur rendit-il dans cette célèbre
action des ſervices ſignalez.

Dans ces entrefaites il arriva par haſard un accident très-remarquable ; au
haut d'une grande fenetre vivoit une
certaine *araignée* enflée juſqu'à la *premiere grandeur* par la deſtruction d'un
nombre infini de mouches , dont les
dépouilles étoient répanduës devant la
porte de ſon Palais , comme les os de
pluſieurs corps humains déchirez ſont
étalez devant la caverne de quelque
Geant ; les avenuës de ſon Château
étoient toutes fortifiées à la moderne,
&

& rendües de difficile aproche par un grand nombre de *piquets*, *& de Paliſſades* ; après avoir paſſé par differentes Cours , on venoit au centre de la Citadelle , où l'on voïoit l'Heroïne elle-même dans ſon apartement dont les fenêtres répondoient à chaque avenuë , & où il y avoit force portes , par leſquelles elle pouvoit faire des ſorties , pour aller à la petite Guerre , ou pour repouſſer ſes ennemis.

Dans cette demeure elle avoit vécu long-tems au milieu de la Paix & de l'abondance , ſans avoir rien à craindre des ataques des hyrondelles , & des balais. Elle étoit encore dans cette agréable ſituation , quand l'aveugle fortune conduiſit de ce côté-là le vol d'une *Abeille* , qui voïant une vitre caſſée offrir une ouverture à ſa curioſité ſe gliſſa dans l'apartement & après l'avoir traverſé pluſieurs fois d'un bout à l'autre ſe percha par haſard ſur un Ouvrage de dehors de la Citadelle que je viens de dépeindre. Le foible édifice pliant ſous ce poids ſuperieur fut ébranlé juſqu'aux fondemens ; trois fois l'abeille emploïa toutes ſes forces pour ſe fraïer un paſſage , & trois fois le Château

teau menaça de crouler fur fa baze.
L'Araignée qui étoit placée dans le centre , fentant ces terribles fecouffes, s'i-
magina que l'univers alloit rentrer dans
le Cahos , ou que Lucifer , avec toutes
fes legions , étoit venu pour vanger le
meurtre de tant de miliers de *Coufins*,
& de *Mouches* , qui par les maux qu'ils
caufent à la race humaine , peuvent
fort bien paffer pour *fes Amis & fes
Alliez.*

La guerriere ne laiffa pas de ramaffer
tout fon courage , & de fortir vaillam-
ment de fon apartement , pour aller à
la rencontre de fa deftinée ; mais l'ennemi étoit déja bien loin ; *l'Abeille* s'é-
tant enfin tirée de ce labyrinthe , s'é-
toient poftée à quelque diftance de là ,
ocupée à fe débaraffer les aîles , des
reftes du piége qu'elle avoit brifé , &
dont elle avoit emportée une grande
partie. *L'Araignée* étoit fortie cependant de fa niche , & voïant le défor-
dre, & les ruines de fes fortifications,
penfa perdre l'Efprit ; elle fe mit à renier avec beaucoup d'Emphaze , &
fut fur le point de créver à force d'enfler fa bedaine, jettant à la fin les yeux
fur *l'Abcille* & dev.nant la caufe par l'ef-

                                    fet,

fet , comme une perſonne d'une grande Sageſſe ; *la peſte t'étouffe* , dit-elle,
double Fille de chienne ; *c'eſt toi aparem-*
ment qui a cauſé ici tout ce Diable de
fracas ; *ne pouvois-tu pas voir où tu al-*
lois , *impertinente étourdie* , *que tu ès*
crois-tu que je n'ai rien à faire qu'à
reparer tes ſottiſes ? *Tout doucement* , *tout*
doucement , *ma grande Amie* ; repondit
l'*Abeille* , qui étoient déja netoïée, &
que la ſatisfaction de s'être tirée des
Pates de Dame *Araignée* rendoit fort
diſpoſée à la raillerie ; *je vous donne ma*
parole d'honneur , *que de ma vie je ne*
mettrai plus les pieds dans votre magnifi-
que Palais ; *foi d'Abeille d'honneur* , *ma*
curioſité eſt pleinement ſatisfaite. Mal-
heureuſe , repliqua l'Araignée *ſi ce n'é-*
toit pas une coutume inviolable de toute
notre illuſtre maiſon de ne pas ſortir en
raze Campagne , *pour combattre un enne-*
mi , *j'irois t'aprendre à être plus cir-*
conſpecte dans ta conduite. Fi donc ,
Madame , *ne vous fachez pas* , repartit
l'Abeille , *ſi la colere vous enfle de cette*
force-là vous perdrez abſolument tous les
materiaux , *dont votre ventre eſt le Ma-*
gazin , *& je crois que vous n'en aurez*
pas trop , *pour reparer votre Chateau* ,

&

*& pour lui rendre son premier éclat. Com-
ment donc , Scelerate, dit la Fille d'A-
rachné, tu as encore l'effronterie de faire la railleuse ? tu ferois bien d'avoir un
peu plus de respect , pour une personne ,
qui t'est si fort superieure de l'aveu de tout
le monde.* En verité Madame, dit l'A-
beïlle , *le parallele entre vous & moi, seroit une piéce d'esprit des plus divertissantes , vous m'obligeriez fort si vous vou-
liez bien l'entreprendre , & me communiquer les raisons , qui portent tout le
monde à vous mettre si fort au-dessus de
moi.*

A ce discours l'*Araignée* s'étant donné, à force de s'enfler , le veritable
volume d'un disputeur ardent & impe-
tueux , commença à argumenter dans
le veritable esprit de la controverse ,
bien résolüe de pousser ses preuves avec
toute la *scurrilité* d'une harangere, de
n'avoir aucun égard aux objections ,
& de ne point changer de sentiment à
quelque prix que ce fut.

Je crains bien , dit-elle , *de me faire
tort en me comparant à une malheureuse
comme toi ; tu n'ès qu'une vagabonde ,
une gueuse , qui n'as ni feu ni lieu , ni
provisions , ni heritage ; tes parents ne*
t'ont

t'ont donné qu'une paire d'aîles, & un
impertinent baſſon dont le bourdonnement
te fait donner au Diable ; tu ne trouves
ta ſubſtance, que dans un brigandage
univerſel, tu n'ès que la flibuſtiere des
Campagnes & des jardins, & tu as tant
de panchant pour le larçin, que tu déro-
bes les orties comme les violettes, ſimple-
ment pour le plaiſir de dérober. Pour moi
je ſuis une heritiere conſiderable enrichie
par la nature même, & c'eſt de mon propre corps, que je tire tout ce qui m'eſt
néceſſaire, pour ma ſubſiſtance. Mon habileté égale mes thréſors, & pour te faire voir quel progrès j'ai fait dans les *
Mathematiques examine bien ce Château, non ſeulement tous les materiaux
en ſont emanez de ma ſubſtance même ;
mais mes propres mains l'ont bâtie, j'en
ſuis l'Architecte moi-même.

    Je ſuis bien aiſé, repartit l'Abeille,
d'une maniere gaie & tranquille, que
vous daigniez avouer que j'ai acquis mes
aîles & ma muſique, par des voies legi-
times, & que je n'en ſuis redevable qu'à
                         la

---

   * C'eſt le grand fort des modernes, c'eſt au
public à juger ſi l'Auteur a raiſon de les turlupiner là-deſſus.

la nature. Il eſt à croire pourtant que la
providence ne m'auroit pas acordé ces deux
dons conſiderables ſans les deſtiner aux fins
les plus nobles.

Je vous avouë volontiers , que je vais
chercher ma ſubſiſtance dans les Campagnes , & dans les jardins, & que je n'en
épargne pas les moindres fleurs ; mais ce
que j'en receuilles m'enrichit , ſans leur
rien faire perdre de leur beauté , de leur
gout , & de leur odeur , je dirai peu de
choſe de votre habileté dans l'Architecture , & dans les Mathematiques. Je vois
aſſez que dans cet Edifice , dont vous étes
ſi fiere , il y a du travail & de la methode , mais il eſt évident par une ſeule experience , également facheuſe pour vous &
pour moi , que les materiaux n'en valent
rien , & j'eſpere que deſormais vous aurez autant d'égard à la ſolidité de la matiere , qu'à la methode , & à l'Art.
Vous vous ventez avec beaucoup d'oſten-
tation , que vous n'avez pas la moindre
obligation à aucune autre créature , & que
vous tirez de vous même tout ce qui vous
eſt néceſſaire. S'il eſt permis de juger de
la liqueur contenuë dans un Vaiſſeau, par
celle , qui en ſort ; tout ce diſcours pompeux veut dire ſeulement , que votre poi-

Tome II.   E   trine

trine eſt un magazin d'ordure & de poiſon , & quoique je n'aïe pas le moindre
intérêt à diminuer la proviſion , que vous
poſſedez , de l'une & de l'autre de ces ri-
cheſſes , je doute pourtant que pour les entretenir toujours dans une abondance égale ,
vous n'aïez beſoin de quelque ſecours é-
tranger ; les exhalaiſons , qui viennent de
la terre , ſuppléent indubitablement aux
Vilenies , que vous diſſipez continuellement , & la mort d'un inſecte vous fournit du poiſon pour en détruire quelque
autre.

Pour ne me pas étendre beaucoup ſur
un ſujet auſſi déſagreable , je vous dirai
que toute la diſpute entre nous ſe réduit à
ceci ; quel Etre doit paſſer pour le plus noble , ou celui qui enflé d'un ſot orgueil ,
s'amuſe à une contemplation , qui ne s'é-
tend qu'à l'eſpace de quatre pouces à l'entour de lui , & qui tirant tout de ſoi-
même , convertit tous les alimens en excremens & en venin, & ne produit rien
qu'une toile ſale & inutile , ou bien celui
qui par le moïen d'une agitation continuel-
le , d'une recherche penible , d'une aplication aſſidue , d'un jugement ſolide , &
d'un diſcernement délicat enrichit ſa maiſon de Cire & de Miel ?

Ce sujet fut débatu avec tant de chaleur, & d'un ton de voix si haut, & si aigre, que les deux parties qui étoient en armes, au-dessous de ces animaux suspendirent leurs animositez, pour atendre la fin de cette dispute ; elle ne fatigua pas leur patience, car *l'abeille* ménagére du tems, n'eut pas plûtôt fini son plaidoïé, qu'elle s'envola vers un bocage de rosiers, sans atendre la réplique de son Antagoniste, qui étoit alors précisément dans la situation d'un Avocat, qui médite une réponse à des raisons qu'il ne s'est pas donné la peine d'écouter.

Les deux partis ennemis se remirent à songer là-dessus à leurs propres affaires, dont ce qui venoit de se passer étoit dans le fond une image assez ressemblante ; * *Æsope* fut le prémier, qui rompit le silence ; il avoit été fort maltraité depuis peu par un étrange effet de la politesse du *Chatelain*, qui

E 2   avoit

---

* On a vu dans la Préface du Libraire, que *Bentley* avoit extrêmement maltraité *Æsope* & *Phalaris*, il avoit fait tous ses efforts pour dégrader *Æsope*, pour lui ôter sa grande antiquité, & plusieurs Ouvrages, qu'on lui a toujours attribuez.

avoit déchiré fon Titre, effacé la moitié de fes Pages, & qui l'avoit enchai-
né dans cet état déplorable, au milieu
d'une grande troupe de modernes.

Prévoïant qu'on en viendroit bientôt
aux extrêmitez les plus fâcheufes, il
fe fervit de toute fon induftrie, & il
revetit mille formes differentes, pour
échaper de fes fers ; à la fin aïant emprunté la figure d'un Ane, il fut pris
par le Seigneur Châtelain pour un *moderne*, & par là il trouva l'occafion de
s'échaper, & d'aller joindre fes Compagnons les *anciens*, juftement dans le
même inftant que l'Araignée, & l'A-
beille entroient en matiére fur la fupe-
riorité de leur rang, & de leur mérite;
il leur prêta l'atention la plus forte,
& écouta leurs Harangues avec tout le
plaifir imaginable, quand elles furent
finies, il jura qu'il n'avoit jamais vû
deux fujets auffi exactement paralleles,
que celui qui fe traitoit au haut de la
fenêtre & l'autre dont il s'agiffoit dans
les Galeries ; *les Antagoniftes que nous
venons d'entendre ont admirablement bien
fait valoir leurs avantages*, dit-il, *&
ils n'ont rien négligé de tout ce qui étoit
capable de donner de la vraifemblance à
leurs*

leurs preuves, on peut dire qu'ils ont épui-
sé la matiere ; il ne s'agit que d'apliquer
*leurs raisonnemens à notre querelle , & *
de comparer ensemble les travaux , & les
productions de ceux de notre parti , & de
ceux du parti contraire ; si nous voulons
bien suivre cette methode judicieuse de
l'Abeille , notre plaidoïer est fait, & la
Sentence peut être prononcée dans le mo-
ment même.

Dites moi , Messieurs , je vous prie ,
peut-on s'imaginer quelque chose , qui re-
presente mieux les modernes , que l'Arai-
gnée , & qui en atrape mieux les manie-
res , le tour d'esprit , & les Paradoxes ;
elle plaide pour elle-même & pour ses bons
Amis les modernes , en faisant une grande
parade de ses trésors naturels , de son
grand Genie , & de son talent à tirer
d'elle-même tout ce qui lui est nécessaire ,
sans être obligée du moindre secours à qui
que ce soit ; elle étale encore sa grande ha-
bileté dans l'Architecture , & les progrès ,
qu'elle a fait dans les Mathematiques.
L'Abeille, Avocat de nous autres anciens
lui répond , que s'il faut juger du Génie ,
& de l'invention des modernes par leurs
productions , il n'est pas possible de ne pas
éclater de rire en entendant de pareilles

E 3
Gas-

Gafconnades ; dreffez les plus beaux plans
du monde , avec tout ce que l'Art & la
methode peuvent fournir de plus exact &
de mieux arrangé , cependant fi vous n'em-
ploiez à vos édifices , que des ordures ti-
rées de vos propres entrailles , ou des chimeres émanées de votre propre cerveau moderne , tout ce beau plan n'aboutira , qu'à
une toile d'Araignée , & fi elle n'eft pas
d'abord détruite , il ne faudra l'attribuer ,
qu'à l'oubli , à la négligence , ou à l'obfcurité de l'endroit , qui lui tient lieu d'Afy-
le ; voilà tout ce qu'on peut attendre du
grand Génie des modernes , fi l'on y ajou-
te une riche veine de chicanes , de Satyres ,
qui ne répond pas mal à la fource abon-
dante de venin , dont fe glorifie Dame
Araignée ; ils prétendent comme elle , ne
devoir à perfonne ce fond inépuifable de
poifon , & comme elle , ils l'entretiennent
continuellement par la nouriture qu'ils ti-
rent des infectes , de la vermine du fiécle. Pour nous autres Anciens , nous
fommes contens , comme l'Abeille , de n'a-
voir à nous que nos ailes & nos voix ,
c'est-à dire , nos courfes & notre langage,
tout ce que nous acquerons d'ailleurs nous
coute des travaux , des recherches , & des
Voiages penibles dans toute l'étendüe de la
natu-

nature ; mais au lieu de ne nous fournir
que de Venin, nous remplissons nos Ruches
de Miel & de Cire, & ainsi nous commu-
niquons au genre-humain ce qu'il y a d'
meilleur & de plus noble, la Douceur &
la Lumiere.

Il est très-difficile d'exprimer le tu-
multe horrible, qui suivit ce long Com-
mentaire d'*Esope* : les deux differen
partis, quoique les impressions, qu'il
en reçûrent, fussent d'une natur
fort differente, furent par là également
excitez à décider la querelle par une Bataille ; d'abord tous les Guerriers se
rangérent sous leurs drapeaux, dans les
deux extrêmitez oposées de la Sale, où
l'on se mit à déliberer de coté & d'autre sur les moïens de remporter l'honneur de cette grande, & importante
journée.

Les Modernes avoient toutes les peines imaginables à s'acorder sur le choix
de leurs Commandans, & rien n'étoit
capable d'empêcher des mutineries parmi eux, que le péril prochain, dont
les menaçoit un ennemi puissant ; la
discorde sur ce sujet fut terrible surtout
dans la Cavallerie, où le moindre Guerrier prétendoit à la dignité de Genera-

lissime,

lissime , depuis le [a] *Tasse* & *Milton*, jusqu'à *Dryden* & *Withers*. Ces troubles furent enfin apaisez ; la Cavalerie légère fut confiée à la prudence & à la valeur, de [b] *Cowley*, & de *Perrault*; le Commandement des Archers fut donné à *Des-Cartes*, *Gassendi*, & *Hobbes*, Chefs d'une bravoure , & d'une conduite experimentées ; leur force étoit si grande qu'ils pouvoient faire voler leurs fleches, au-dessus de l'Athmosphere de la Terre, sans qu'elles y retombassent jamais ; à cette hauteur elles se changeoient en *Meteores* , semblables à la fle-

[a] *Le Tasse* & *Milton*, sont deux Poëtes Epiques modernes dont l'Auteur fait le plus de cas, au lieu qu'il méprise fort *Dryden*, & *Withers*, qui ont écrit dans le même genre ; Milton a fait un Poëme intitulé le *Paradis perdu* , sujet bisarre , qu'il n'a pas laissé de manier avec une très-grande habileté ; il y a de très-grandes beautez dans ce Poëme.

[b] *Cowley* est un fameux Poëte Anglois célébre par sa poësie lyrique & sur tout par ses Odes tendres. Dans l'Original on lui donne pour Compagnon *Despreaux* ; j'ai mis *Perrault* à la place , parce que je conjecture qu'il doit être dans le MS. *Despreaux* a pris trop de peines pour défendre les Anciens , pour qu'il ne doive pas avoir pris leur parti aussi bien que *Temple*.

fleche [a] d'*Evandre*, ou aux fufées, qui dans l'air fe metamorphofent en étoiles. [b] *Paracelfe* menoit des montagnes de la Rhétie, toûjours couvertes de nege, un Bataillon fort adroit à jetter des Carcaffes très-puantes ; & un grand corps de Dragons compofé de differens Peuples fuivoit les enfeignes de leur Capitaine [c] *Harvey* ; ils étoient armez en partie de feaux, les armes de la mort, en partie de lances, & de longs couteaux tous trampez dans le poifon, & en partie ils tiroient des [d] balles d'une nature très-pernicieufe, & ils ne fe fervoient que de [e] poudre blanche,

E ſ qui

[a] Virgile dit dans l'Eneïde que dans les jeux celebrez à l'honneur d'Anchife, la fleche d'*Evandre* fut changée en aftre ; l'Auteur turlupine ici le Syftême des Tourbillons.

[b] *Paracelfe* fameux Medecin Chimifte de la Suiffe : il a pris toute une autre methode que celle de Galien, & il a fait tous fes efforts pour le décrediter ; ces *Carcaffes puantes* indiquent ici les *remedes Chimiques.*

[c] *Harvey* étoit Medecin du Roi Charles I. on lui atribue generalement d'avoir découvert la *Circulation du Sang.*

[d] Pilulles.

[e] Cette poudre blanche eft de la mort-aux-rats. L'Auteur traite ici les Medecins modernes d'empoifonneurs & d'affaffins ; c'eft pour cette raifon qu'il

qui tuoit infailliblement tous ceux qu'elle touchoit. Il y avoit encore plusieurs gros Bataillons de Fantassins pesemment armez, tous étrangers & mercenaires commandez par les Capitaines *Guicciardin*, *Davila*, *Polydore Vergile*, *Buchanan*, *Mariana*, *Camden*, & d'autres de la même reputation. Les Ingenieurs avoient pour Chefs [a] *Regiomontanus* & *Wilkins*. Il y avoit encore de grandes Troupes, qui dans le fond n'étoient qu'une multitude confuse menée par [b] *Scot*, *St. Thomas*, & *Bellarmin* ; c'étoient des Gens d'une taille énorme, mais destituez d'armes, de courage, & de discipline militaire. Le reste de l'Armée ne consistoit que dans une foule mal reglée de Valets & de Marodeurs conduits par [c] *l'Estran-*

ge,

qu'il les armes de feaux, de couteaux envenimez, &c.

[a] Mathematiciens de reputation.

[b] Les Scolastiques Auteurs confus, & qui donnent dans le Verbiage.

[c] C'est un Traducteur de plusieurs Ouvrages de morale. On parle ici des livres de ces sortes de gens comme indignes de la relieure ; & on les apelle marodeurs, parce qu'ils ne se parent que des dépouilles d'autrui.

g', ce n'étoit que des faquins qui fui-voient le Camp uniquement pour faire quelque butin ; à peine avoient-ils quelques lambeaux pour fe couvrir.

L'armée des *Anciens* étoit beaucoup inferieure en nombre ; [*a*] *Homere* commandoit la Cavallerie , & *Pindare* les Chevaux-legers, *Euclide* étoit Ingenieur-General , *Platon* , & *Ariſtote* commandoient les Archers , *Herodote* & *Tite-Live* les Fantaſſins ; & *Hypocrate* les Dragons ; les Alliez avoient pour Chef *Voſſius* , & le corps de reſerve étoit ſous le Commandement le *Temple.*

Dans le tems qu'on ſe préparoit à en venir aux mains , la Renommée qui faiſoit autrefois ſon ſéjour d'un grand appartement de la Bibliotheque Roïale , vola à tire-d'aîles vers le Palais de *Jupiter* , à qui elle fit un raport fidelle de tout ce qui s'étoit paſſé entre les deux partis ennemis ; cette Déeſſe , quoique

E 6 acou-

[*d*] Par la *Cavallerie* l'Auteur entend les Poëmes Epiques ; par les *Chevaux legers* les Odes , & d'autres pieces de petite étenduë. Par les *Archers* les Philoſophes ; par les *Dragons* les Medecins ; par les *Ingenieurs* les Geometres , par les *Fantaſſins* les Hiſtoriens.

acoutumée à femer de faux-bruits parmi les hommes, dit toujours la verité,
quand elle parle aux Dieux. Le Pere
des Dieux & des hommes confterné de
cette mauvaife nouvelle, affemble auffi-
tôt dans la voïe lactée le Confeil des
Divinitez du prémier ordre; il leur déclare le motif qui le portoit à les affembler, & les inftruit de la cruelle Bataille, qui étoit fur le point de fe donner
entre des créatures Anciennes, & modernes apellées *Livres*; affaire de la derniere importance, où l'Olympe devoit
prendre le plus grand intérêt. *Momus*
Patron des Modernes fit une Harangue
excellente en leur faveur, qui fut auffi-
tôt réfuté par la fage *Minerve* Protec-
trice des Anciens.

La difcorde alloit divifer toute l'Affemblée en deux factions differentes,
quand *Jupiter* ordonna qu'on apportât
le *Livre des Deftinées*; *Mercure* mit auffi-
tôt devant le Maître du monde quatre
grands volumes, qui contenoient tous
les évenemens paffez, préfens & futurs;
dès que *Jupiter* eut lû tout bas le dé-
cret, qui regardoit cette fatale journée,
il referma le livre fans communiquer

à qui que ce fut ce qu'il venoit d'apprendre.

Hors des portes du Palais, où se tenoit le Conseil, il y avoit une grande troupe de Divinitez légères, Domestiques du Pere des Dieux; c'est par leurs moïens qu'il regle toutes les affaires sublunaires; ces Dieux voïagent d'ordinaire ensemble en guise de Caravane, tantôt plus tantôt moins nombreuse; & ils sont atachez ensemble comme une Troupe de Galeriens par des chaines extrêmement deliées, qui sont atachées au grand orteuil de *Jupiter.* Quand ils lui font quelque raport, ils n'aprochent jamais que jusques au degré le plus bas de son Trône, & ils ne lui parlent que par un long tuiau, afin que leur Maître seul puisse entendre ce qu'ils ont à lui dire. Ces Divinitez sont nommées par les hommes *accidens*, ou *hazards*, mais les Dieux les apellent *Caüses Secondes.*

Jupiter ayant instruit de ses ordres quelques uns de ces Ministres de ses volontez absolus, ils s'envolérent avec rapidité & se posérent sur le faîte de la Bibliotheque Roïale, d'où, après avoir consulté ensemble pendant quelques minutes,

nutes, il se glisserent sans être vus dans
les Galeries & se preparérent à executer
les commandemens du Souverain du
haut Olympe.

Momus saisi d'aprehension , & se
rapellant dans l'esprit une ancienne Prophetie , qui ne prognostiquoit rien de
bon à ses chers Enfans les Modernes,
dirigea son vol vers le séjour d'une Divinité maligne apellée *Critique*. Elle à
son Palais dans la *Nouvelle Zemble* au haut
d'une montagne couverte de Neges
éternelles. Il la trouva étenduë dans sa
caverne sur les dépouilles d'un nombre
infini de volumes moitié devorez. A
sa droite étoit assis le Dieu de *l'ignorance* son Pere & en même tems son époux,
aveuglé par l'âge ; elle avoit à sa gauche *l'orgueil* sa Mere, qui ornoit la tête
de sa Fille d'une coeffure de papier
qu'elle avoit déchiré elle-même ; près
d'elle étoit sa Sœur l'*opinion* au pied leger ; elle a les yeux bandez , la tête
dure, & pesante, & cependant elle est
pleine de vivacité & dans un mouvement perpetuel.

Il vit badiner à l'entour d'elle ses Enfans *le bruit* & *l'impudence* , la *stupidité*,
& la *vanité* , la *décision* , la *pedanterie* ,
&

& la *groſſiereté*. La Déeſſe avoit des griffes ſemblables à celles d'un chat, ſa tête, ſa voix, & ſes oreilles, repreſentent celles d'un Ane, ſa prunelle étoit tournée en dedans, comme ſi elle ne ſe plaiſoit qu'à ſe conſiderer elle même; elle avoit pour nourriture les écoulemens de ſa propre bile, & ſa ratte étoit d'une ſi prodigieuſe groſſeur qu'elle cauſoit une élevation, de ce côté de ſon corps, égale à une mamelle de la prémiere grandeur. Sur le dehors de cette eſpece de boſſe, il y avoit pluſieurs *bouts*, que quelques monſtres afreux venoient ſucer avec une grande avidité, & ce qu'il y a de difficile à concevoir, c'eſt que cette ratte prodigieuſe ſe rempliſſoit de nouveau plus vite que ces monſtres n'étoient capables de la vuider.

Déeſſe, lui dit *Momus*, *à quoi ſongez vous? Avez-vous le cœur de vous plonger ici dans l'indolence, dans le tems que vos chers Adorateurs, les* Modernes, *vont entrer dans une cruelle Bataille? que dis-je, peut-être dans cet inſtant même tombent-ils déja ſous le glaive redoutable de leurs fiers ennemis; quel homme voudra à l'avenir dreſſer des autels & faire des ſacrifices à l'honneur de nos Divinitez.*

Hâ-

Hâtez-vous Déeffe , précipitez votre vol vers l'Ile Britannique & prévenez , s'il eft poffible , la deftruction de nos favoris, tandis que je remplirai tout l'Olympe de brigues , & que je ne négligerai aucun artifice pour mettre les Dieux dans notre parti.

Momus s'étant expliqué de cette maniere ne s'arrêta pas pour atendre une reponfe , mais il livra la Déeffe à fes propres réfléxions ; furieufe elle fe leve précipitemment , & comme il eft or- dinaire dans ces fortes de cas , elle éva- pore fa colere dans le Soliloque fui- vant.

C'eft moi, qui donne la Sageffe aux Enfans & aux Idiots ; par mon fecours les Fils font plus habiles que leurs Peres ; par moi les petits Maîtres deviennent pro- fonds Politiques, & les Ecoliers Arbitres de la Philofophie ; par moi des Sophiftes difputent & décident fur les profondeurs des Sciences ; les beaux-Génies des Cafez infpirez par moi favent corriger le ftile d'un Auteur , & déveloper fes moindres meprifes , fans entendre ni fon fujet , ni fon langage ; animez de mon Efprit les jeunes gens dépenfent leur jugement , com- me ils dépenfent leur héritage , avant que
d'en

d'en avoir la poſſeſſion , c'eſt moi , qui ai araché à l'Eſprit & à l'érudition l'Empire , qu'ils exerçoient ſur la Poëſie , & qui ai ſu me placer, & me maintenir ſur leur Trône ; & un petit nombre d'Anciens ſeditieux oſera ſe ſoulever contre mon pouvoir deſpotique ? Allons chers Auteurs de mes jours , chaſſez pour un moment l'indolence de la vieilleſſe , qui vous accable , venez mes Enfans cheris , & vous ma charmante Sœur ; montons ſur mon Char & volons au ſecours des Modernes , qui ſe ſont dévouez abſolument à mon ſervice , & qui dans ce même moment s'ocupent à m'offrir une Hecatombe , dont l'agréable odeur frape déja mes narines.

Elle dit ; & ſe jettant rapidément ſur ſon Char tiré par des Oyes apprivoiſées, elle vole par deſſus une grande étenduë de Païs, en répendant ſes influences partout où elle les croïoit néceſſaires. Elle arriva bientôt à ſon Ile cherie, & en perçant l'Atmoſphere épais qui en couvre la Capitale, elle répandit ſes faveurs les plus précieuſes ſur ſes deux Seminaires de * *Gresham* & de *Covent-garden.*

Elle

* Aſſemblées de beaux-Eſprits & de ſavans Modernes.

Elle aprocha juſtement de la plaine fatale de la Bibliotheque de *St. James*,
dans le tems que les deux Armées al-
loient ſe choquer avec fureur, elle y
entra avec tout ſon train ſans être ap-
perçûë, & ſe perchant ſur une planche alors deſerte, mais habitée autrefois par une Colonie *d'Illuſtres* du prémier rang, elle s'occupa pendant quelques momens à obſerver la poſture des
deux Armées.

Auſſi-tôt la tendreſſe maternelle commença à troubler ſon imagination, & à
remplir ſon cœur des plus vives paſſions.
A la tête d'une Troupe d'Archers Modernes, elle vit ſon Fils *Wotton*, pour
lequel les Parques filoient une trame
trop courte; tels étoient les ordres de
la deſtinée, ce jeune Heros devoit la
naiſſance aux embraſſemens derobez de
la Déeſſe & d'un Pere de race mortelle:
Elle cheriſſoit, ce fruit de ſes amours
clandeſtins plus que tous ſes autres Enfans, & elle reſolut d'aller verſer dans
ſon ame la valeur & l'allegreſſe; mais
avant que d'en aprocher, elle trouva
bon ſelon la noble coutume des Divinitez, de changer ſa figure, de peur que
l'éclat de Sa Majeſté n'éblouit les
yeux

yeux mortels du Heros & ne lui ota
l'ufage de tous fes autres fens. Elle ra-
maffa toute fa perfonne divine dans les
bornes étroites d'un volume in Octavo
fa peau devint blanche & aride, & tout
fon corps fe fendit & fe fepara en * cent
& cent pieces, comme la fecherefſe de
l'été ride la furface de la terre alterée.
Sa chair fe convertit en Carton , & fes
Membranes en Papier , fes Enfans y
verférent adroitement une décoction de
noix de Galle & de fuïe en guife de
Lettres ; fa ratte fe repandit par tout ;
la peau, qui l'avoit couverte auparavant
continua à la couvrir, & fa voix refta
ce qu'elle fut autrefois.

Sous ce déguifement elle avança vers
les Modernes, en tout femblable au Divin *Bentley* , uni à fon Fils *Wotton* par
des liens les plus étroits de la fainte amitié ; *Brave Wotton* , dit la Déefſe ;
pourquoi nos Troupes fe tiennent elles ici
dans l'inaction ? Pourquoi confument-elles
leur vigueur dans l'indolence ? Faut il
qu'elles perdent lachement la Gloire qui les
atend dans cette grande journée ? Coura-
ge , précipitons nos pas vers les Chefs de
nos

* Les feuilles d'un livre.

*nos Troupes ; pour leur Conseiller de don-
ner au plûtôt le signal de la Bataille.*

Ayant parlé ainsi elle saisit le plus
afreux de ces monstres qui s'enflent du
Suc de sa ratte , & le lui jetta dans la
bouche d'une maniere invisible. Dans
le même moment les yeux du Heros
s'enflent, les prunelles semblent lui sortir de la tête, elles ne lancent que des
regards furieux ; des nuages noirs &
épais couvrent son cerveau, où le mon-
stre, qui s'y étoit glissé , avoit fait des
ravages épouventables. Peu contente
encore du secours qu'elle venoit de lui
donner , la Déesse ordonna à deux de
ses Enfans *stupidité* & *grossiereté* , de
suivre par tout les pas du Guerrier , &
de l'assister dans toutes les rencontres.
Aïant pris de cette maniere tout le soin
possible de sa chere *Progeniture* , elle
s'évanouit dans un brouillard , & le
Heros la reconnut pour la Déesse sa
Mere.

L'Heure fatale étant enfin arrivée ,
le combat s'engagea , mais avant que
d'oser entreprendre d'en raporter les
évenemens differens , & les revolutions
merveilleuses ; je dois à l'exemple de
plusieurs autres fameux Auteurs demander

der aux Dieux cent langues, & autant de plumes. Encore n'y en auroit-il pas affez pour executer, comme il faut, une pareille entreprife.

Dis-moi, Déeſſe qui préſide ſur l'Hiſtoire, dis-moi, qui fut le premier qui s'avança au milieu du champ de Bataille.

Paracelfe étant à la tête de ſes Troupes aperçut *Galien* dans l'aîle qui lui étoit opoſée; il ſaïſit un *javelot noüeux*, & le lui lance avec une force preſque furnaturelle; le vaillant Ancien le reçoit ſur ſon bouclier, & la pointe ſe briſe dans la feconde doublure faite du cuir d'un puiſſant taureau. . . . .

. . . .

hic pauca defunt. . . . . .

. . . .

. . . .

Ils portérent leur Chef dangereuſement bleſſé dans ſon Char. . . . .

. . . .

Defunt nonnulla. . . . . . .

. . . .

. . . .

Ariftote voïant *Bacon* * qui ſe pouſſoit

___
* C'eſt ce fameux Chancelier d'Angleterre.

foit dans la plaine d'un air furieux, place fur fon arc une fleche bien acerée ;
il aproche la fatale corde jufqu'à fa tête ; la fleche aîlée fend l'air avec la rapidité de la foudre , elle manque le
brave moderne ; & vole par-deffus fa
tête en fiflant, mais elle frape le grand
Des-Cartes ; la pointe trouve le défaut
de fon cafque , elle perce le cuir qui
l'atache, & lui entre dans l'œuil droit ;
la violence de la douleur fait pirouetter
le vaillant *Archer*, comme une tempête
agite les branches d'un jeune fapin. Il
accufe les aftres, de fa deftinée, jufqu'à
ce que la mort comme une étoile d'une
force fuperieure l'envelope dans fon
tourbillon.

. . . .

. . . .

. . . .

. . . . *Ingens hiatus hic*
in M. S. . . . .

. . . .

. . . .

Homere parut alors à la tête de la Cavalerie monté fur un Cheval fougueux,
que le Cavalier lui-même avoit de la
peine à gouverner , mais dont un autre
mortel n'oferoit aprocher feulement. Il
fe

se jette au milieu des rangs les plus ser-
rez des ennemis , & renverse tout ce
qui s'opose à son passage , comme un
tourbillon d'eau poussé par un ouragan
abat une foible digue , qu'on lui opose.
Raconte-moi , Déesse , qui fut le prémier qui tomba sous sa main foudroïan-
te , & qui fut le dernier , qui eut la
gloire de perir par ses armes invincibles.
Gondibert eut la temerité de vouloir l'arrêter ; ce Guerrier couvert d'une Cuirasse pésante , montoit un foible Hongre , moins fameux par son agilité , que
par la docilité , qu'il montroit en se
mettant à genoux toutes les fois , que
son Maître vouloit monter ou descen-
dre ; il avoit fait vœu à la Guerriere
Pallas de ne pas quitter le Champ de
Bataille avant que d'avoir dépouillé *Homere* de ses armes ; insensé ! il ne con-
noit pas celui , qui les porte , il n'a
pas la moindre idée de sa force ; *Homere*
le renverse avec son cheval dans la poussiere , où il est foulé aux pieds des
Coursiers ; saisissant ensuite une puissan-
te lance , il abat * *Denham* un moderne

* Poëte assez fameux mais qui à des endroits
très-foibles ; c'est pour cette raison qu'on lui donne une Mere mortelle , & *Apollon* pour Pere.

ne plein de courage, il étoit descendüe d'*Apollon* du coté paternel, mais sa Me-re étoit de race mortelle ; le Dieu en prend la partie céleste , & en fait une étoile ; mais ce qu'il y avoit de terrestre dans ce malheureux Heros se vautre à terre dans son propre sang.

Tandis que le cheval d'*Homere* tue * *Westley* d'un coup de son pied ner-veux, le Guerrier lui-même saisit *Per-rault* l'arache de dessus son cheval , le jette contre *Fontenelle* , & du même coup il leur fait sauter la cervelle à l'un & à l'autre.

A l'aîle gauche, *Virgile* †parut à la tête de la Cavallerie , vetu d'armes d'un éclat extraordinaire & admirable-ment bien proportionnées à ses mem-bres ; il pressoit les flancs d'un puis-sant Coursier gris-pommelé , qui mar-choit d'un pas lent, mais dont la lenteur n'étoit qu'un effet de fierté & de vi-gueur. Ce Heros jetta les yeux sur l'Escadron qui lui étoit oposé, impatient d'y découvrir un objet digne de sa va-leur.

* Poëte Meprisable.
† Le Caractere de *Virgile* moins fougueux & plus exact qu'*Homere*.

leur. Bientôt il vit fur un Hongre d'une taille monftrueufe un Guerrier fortir des Efquadrons les plus épais de l'Armée ennemie. Il avançoit lentement, mais avec un bruit effroïable. Son cheval vieux & maigre confumoit la lie de fes forces dans un grand trot, qui fans faire beaucoup de chemin, faifoit réfonner les armes du Cavalier de la maniere la plus terrible.

Deja les deux Guerriers s'étoient aprochez jufqu'à la portée du javelot, quand l'inconnu demanda une tréve, & fit figne qu'il fouhaitoit de parler à fon illuftre ennemi. Il leve auffi-tôt la vifiere de fon cafque, au fond duquel on aperçut à peine un vifage, qui, après un long examen, fut enfin reconnu pour celui de *Dryden*. A ce fpectacle le brave Ancien parut faifi d'étonnement, car le cafque avoit * neuf fois plus de volume que la tête, qui dans cet enfoncement avoit l'air d'une fouris placé fous un dais, ou du front ridé d'un vieux Petit-Maître enterré dans le vafte contour d'une Perruque carée. La

Tome II. F voix

* Stile magnifique de Dryden, qui cache un fens fort mince.

voix de ce Champion répondoit à son visage, le son en étoit maigre & foible. Il fit une longue Harangue pour s'insinuer dans l'esprit de ce bon Ancien, & par une longue suite de Généalogies, il lui fit paroître clairement qu'ils étoient unis ensemble par les liens respectables du sang. Il proposa ensuite un * troc d'armes comme une marque éternelle d'*Hospitalité* entre eux.

Virgile y consentit, car une Divinité ennemie vint d'une main invisible, répandre devant ses yeux un noir brouillard, & il donna des armes d'or de la valeur de cent Bœufs, pour des armes de fer mangées par la rouille. Il est vrai que cette cuirasse brillante, convenoit encore moins aux foibles membres du Moderne que celle qu'il venoit de quitter.

Ils convinrent ensuite de faire un échange de leurs chevaux, mais quand
Dry-

* *Dryden* a traduit *Virgile*, & en troquant, pour ainsi dire, son Eneïde Angloise contre l'original, il donne des armes de fer contre des armes d'or, cet endroit est une imitation d'un passage *d'Homere* où *Glaucus* troque ses armes d'or contre les armes d'airain de *Diomede*.

Dryden voulut monter celui de *Virgile*, il fut effrayé ; une fueur froide.

. . . .

> *alter hiatus in*
> *MS.* . . . . .

. . . .

. . . .

* *Lucain* poufſa au devant de ſon Eſca-dron, lachant la bride à un cheval plein de feu & d'une beauté parfaite, mais ſi indocile, que ſouvent n'obéïſſant point à la main de ſon Maître il le portoit à travers la Campagne, comme s'il avoit pris le mords aux dents. Il fit un car-nage terrible dans la Cavalerie ennemie, & il auroit détruit des Troupes entie-res, ſi † *Black-more*, un fameux Mo-derne, ne s'étoit jetté au devant de lui pour empêcher la deſtruction totale de ſon Eſcadron. Ce fier Guerrier lança à *Lucain* un javelot, qui bien que dardé

F 2   d'u-

---

* Par les *Chevaux* il faut entendre le Genie, ou l'imagination des Auteurs ; *Lucain* a le Génie beau, mais il n'eſt pas aſſez judicieux pour en retenir toujours la fougue.

† Poëte eſtimé ; il a fait un Poëme de la Créa-tion du Monde, ou il détruit les Principes de *Lucrece*.

d'une main vigoureuse, ne parvint pas
jusqu'au but, mais entra bien avant
dans la terre ; le Heros ancien darde
son javelot à son tour, mais * *Esculape*
caché dans un nuage détourne le pointe
terrible, du corps de son favori. *Brave
Moderne*, dit Lucain, *je vois que quelque Divinité vous protege ; car jamais
mon bras ne ma trompé de cette maniere ;
mais que peut un foible mortel contre une
Divinité ? Ne poussons pas le combat plus
loin, & donnons nous des presens mu-
tuels ;* † là-dessus il donna à son ennemi une paire magnifique d'Eperons, &
Black-more lui fit present d'une bride
très-artistement faite. . . . . . .

. . . .

. . . .

. . . . *Pauca desunt.*

. . . .

§ *Creech*, mais la Déesse *stupidité* se
fer-

* L'Auteur veut indiquer ici que *Blackmore* n'a
pas dans l'Esprit assez de force & d'élevation.
† Rien n'est plus ingenieux que ce passage :
Lucain manque d'exactitude & de justesse ; *Black-
more* n'a pas assez de feu & de vivacité ; *Lucain*
reçoit une *bride*, & il donne à son Antagoniste
des *Eperons.*
§ *Creech* a passé pour un un fort bon Poëte ;
il

fervit d'une nuage , auquel elle donna
la figure d'*Horace* , & elle le plaça devant le Moderne dans la pofture d'un
fuïard. Le Guerrier charmé d'entrer
en combat avec un ennemi qui lui tournoit le dos, pourfuivit cette vaine image , avec vigueur , en l'accablant de
menaces , jufqu'à ce qu'elle l'eut conduit jufqu'à la *ferme paifible* de fon
Pere * *Ogleby*, par lequel il fut défar-
mé , & placé fur un lit , pour fe
refaire de la fatigue de cette journée.

Pindare tua....&...., & *Oldham*
& † l'Amazone *Afra* au pied leger. Il
n'alloit jamais à l'ennemi en ligne direc-
F 3 te,

---

il s'étoit aquis de la reputation par une Edition
Latine de *Lucrece* , & fur tout par une Traduction du même Auteur , qui fut admirée de tous
fes compatriotes ; encouragé par ce fuccès , il
entreprit de traduire *Horace* en vers Anglois ; mais
n'y a'ant pas réüffi il fe pendit de defefpoir.

* Il a traduit Homere & Virgile ; l'Auteur
l'apelle le Pere de *Creech* , parce qu'il a écrit
avant lui ; par la *ferme paifible* d'Ogleby on entend le *tombeau*.

† C'eft indubitablement quelque Dame Angloife , qui s'eft mêlé de faire des *Odes* ; il s'en
eft trouvé plus d'une en Angleterre & j'ignore
qui eft celle que l'Auteur a ici en vuë.

te , mais caracollant avec * une agilité étonnante , il fit un terrible carna-
ge parmi la Cavalerie legere de l'Ennemi ; quand *Cowley* remarqua ſes grandes actions , le ſang lui bouillonna dans
les veines , & ſon cœur genereux s'a-
nima d'un feu nouveau. Il pouſſa ſon
Courſier vers le fier Ancien , & imi-
tant ſes détours , & ſes Caracolles, autant que la vigueur de ſon Cheval & ſon
habileté le lui permettoient, il s'en aprocha bientôt de la longueur de trois javelots ; *Cowley* darda ſa lance le prémier , mais il manqua ſon ennemi , &
le javelot tomba ſans effet aux pieds des
Chevaux ; alors *Pindare* ſaiſit un dard ,
ſi grand & d'une peſanteur ſi prodigieuſe , qu'à peine dix Cavaliers, tels
que notre âge les produit, ſeroient capables de le lever de terre. Cepéndant il
le lança ſans peine , & la *poutre* dirigée
d'une main ſure auroit indubitablement
accablé le Moderne , s'il n'avoit pas
heureuſement opoſé au coup le Bouclier , qu'il avoit reçû de ſa † Mere
Venus.

* Le beau deſordre qu'on admire dans les O-
des de *Pindare*.
† Cowley a brillé ſur tout dans ſes Odes
amoureuſes.

Venus. Là-deſſus les deux Heros mirent l'Epée à la main, mais le Moderne étoit dans un tel deſordre, qu'à peine étoit il le maître de ſes actions; le bouclier échapa de ſa main tremblante; trois fois il voulut fuïr, & trois fois ſon ennemi lui coupa le paſſage, à la fin il fit ferme, & levant vers ſon ennemi ſes mains ſuppliantes; *O Pindare, ſemblable à un Dieu, lui dit-il, épargnez ma vie; & ſoïez le Poſſeſſeur de mon Cheval, & de mes armes; mes Amis ne manqueront pas de vous donner une rançon conſidérable, quand ils ſauront que je ſuis en vie, & votre Priſonnier.*

Pindare, lui répondit ainſi, *que ta rançon reſte avec tes Parens; ton cadavre va ſervir de proïe aux Chiens, & aux Vautours,* il dit, & levant ſon épée invincible, il ſepara d'un coup afreux, le Corps de ſon ennemi, en deux parties; l'une tomba à terre toute palpitante, expoſée aux pieds des Chevaux, & l'autre fut emportée au travers de la pleine par le courſier effraïé; *Venus* la prit, elle la lava ſept fois dans l'Ambroiſie, & la frotta trois fois d'une branche d'Amarante; auſſi-tôt le cadavre mutilé prit la figure d'une colombe,

F 4

lombe , & la Déeſſe l'attela à ſon
Char.   .   .   .   .   .   .

.   .   .   .

.   .   .   .

.   .   .   .   *Hiatus valde deflendus*

in MS.   .   .   .   .

.   .   .   .

.   .   .   .

    Le Char du blond Phébus penchoit
déja vers la Mer, & les forces des modernes ſembloient ſe préparer à la retrai-
te, quand d'un Bataillon épais de leur
Infanterie péſemment Armée ſortit un
Capitaine dont le nom étoit *Bentley*, le
mortel le plus difforme d'entre tous les
Modernes. Il étoit grand ſans taille,
épais ſans force, & ſans proportion;
ſes armes étoient un amas de mille piéces incapables d'être jointes enſemble
avec exactitude. Quand il marchoit,
elles donnoient un ſon afreux & ſec,
ſemblable à la chute d'un morceau de
plomb, qu'une tempête précipite du
haut d'un Clocher; ſon caſque étoit
d'un fer tout rouillé; mais la viſiere
étoit d'un Airain qui, empoiſonné par
ſon haleine, s'étoit changé en *couperoſe*;
quand le Guerrier étoit haraſſé par le travail,

vail, ou agité par la colere, on lui voïoit découler des levres une eſpece d'ancre d'une nature très-maligne. De ſa main droite il ſaiſit un * torchon, & pour ne pas manquer d'armes offenſives, il munit ſa gauche d'un Vaiſſeau rempli d'ordures; ſe trouvant de cette maniere armé dans les formes, il avança d'un pas lourd & tardif vers l'endroit où les Chefs des Modernes conſultoient enſemble. Quoi qu'ils fuſſent dans un terrible embaras, ils ne purent pas néanmoins s'empêcher de rire, en voïant ſes jambes Cagneuſes, & ſon épaule haute, qui étoient expoſées à la vuë malgré ſes Guêtres & ſa Cuiraſſe forcées a prendre le pli de ſon corps.

Les Généraux de ſon parti l'eſtimoient pour ſon talent *d'invectiver*, qui lorſqu'il reſtoit dans certaines bornes, étoit ſouvent d'un très-grand ſervice pour la cauſe commune, mais qui dans

F 5

d'au-

---

* Il en fait les armes de *Bentley*, par ce que ce ſavant a un Talent particulier pour *effacer* les Ouvrages des Anciens, je veux dire pour leur ôter les Livres qu'on leur a attribué de tout tems; par le Vaiſſeaux plein d'ordures, il faut entendre les invectives dont il accable ſes *Antagoniſtes*.

d'autres occasions leur faisoit plus de mal que de bien; à la moindre offense, & quelques fois même sans aucun motif, semblable à un Elephant blessé, il tournoit sa fureur contre ses Conducteurs mêmes.

Il étoit alors précisément dans cette disposition; aigri de voir l'avantage du côté des ennemis, & mécontent de la conduite de tout le monde, hormis de la sienne, il déclara à ses Généraux d'une maniere aussi gracieuse que soumise, qu'ils n'étoient qu'un tas de *Marauts, de Fous, de Fils de Chiennes, de poules mouillées, de têtes dures, & de faquins destituez de sens-commun; si l'on m'avoit établi Generalissime, continua-t-il, les Anciens, ces Chiens présomptueux, auroient été bientôt forcez à chercher leur salut dans la fuite, vous restez ici, vous autres, les bras croisez, & quand moi, ou quelqu'autre vaillant* Moderne, *nous tuons quelque ennemi, d'abord vous vous en appropriez les dépouilles; mais soiez seurs, que je ne marcherai pas, si vous ne me jurez tous que vous m'accorderez la possession tranquille des armes de tous ceux que je ferai Prisonniers, ou que j'enverrai dans le noir Tartare.* Quand il eut parlé de cette
ma-

maniere, *Scaliger* lui jettant un regard
méprifant : *miferable Babillard*, dit-il,
unique Admirateur de ton propre merite,
fache que dans tes invectives, il n'y a ni
efprit, ni prudence, ni verité; la mali-
gnité de ton temperamment paſſe les
bornes de la nature même ; ton érudi-
tion te rend plus barbare, & les hu-
manitez plus inhumain ; par ton Com-
merce avec les Poëtes, tu n'a attrapé
que plus de baſſeſſe & de ſtupidité ; tout
ce qui civilife les autres hommes te rend
farouche, & intraitable ; la Cour t'a
donné de la groſſiereté, & la converfation
des gens polis t'a affermi dans la Pé-
danterie ; d'ailleurs tu ès un poltron
fieffé, s'il y en a un dans l'Armée.
N'aïe pas peur qu'on t'envie le fruit
de tes victoires ; je te réponds, que
toutes les dépouilles, que tu prendras,
t'appartiendront ; mais je m'attends
bientôt à voir ta vile Carcaſſe devenir
la proïe des Corbeaux & des vers.

Bentley n'ofa pas repliquer, mais crevant de dépit & de rage il fe retira,
dans la réfolution de faire parler de lui
par quelque haute entreprife. Il prit
pour fon Compagnon d'armes fon cher
Wotton, & ils formérent enfemble le

def-

deſſein de tomber ſur quelque quartier négligé du Camp ennemi. Ils marchent ſur les cadavres de leurs Amis maſſacrez, & enfin par pluſieurs detours tortueux ils parviennent tout tremblans aux Gardes avancées des *Anciens* ; ils jettent les yeux de tous cotez pour voir s'il ne découvriroient pas quelques Guerriers bleſſez ou quelque Heros que la laſſitude ait enſevelis dans un profond ſommeil. Tels deux Chiens Domeſtiques, que leur Gourmandiſe naturelle & la diſette de la maiſon aſſocient, ſe preparent malgré leur lâcheté, à ataquer pendant les tenebres de la nuit le bercail de quelque riche Paſteur. La Lune témoin de leur deſſein criminel darde perpendiculairement ſes raïons ſur leurs têtes coupables ; quoique de tems en tems ils en découvrent le brillant viſage dans quelque Bourbier, ils n'oſent pas y abboïer ; mais taciturnes, & la queuë baſſe, ils avancent vers la proïe d'un pas lent & circonſpect. L'un s'arrête pour voir s'il ne découvre rien, dans la plaine d'alantour, pendant que l'autre va reconnoître par tout, eſperant trouver à quelque diſtance du bercail, les membres de quelqu'agneau à demi devoré,

ré , reftes méprifables des Loups affa-
mez, ou des Corbeaux finiftres.

Avec la même crainte., & la même cir-
confpection marchoit ce couple de ten·
dres Amis , quand de loin il découvrit
deux Cuiraffes brillantes fufpenduës à
un Chefne , & près de là leurs Poffef-
feurs enfevelis dans un agréable fommeil.
Les deux Amis décidérent par le fort à
qui cette entreprife tomberoit en partage, & la deftinée fe déclara pour *Bentley*. Il fe met auffi-tôt en marche, devant lui vont la confufion & l'étonnement ; l'horreur & la fraïeur fuivent fes
pas. Quand il fut tout près du butin,
il vit * *Phalaris* & *Æfope*, deux Heros
de marque parmi les anciens, profonde-
ment endormis. Il bruloit d'envie de
les dépêcher l'un & l'autre , & déja il
fe préparoit à lancer vers la poitrine de
Phalaris fon redoutable *torchon* ataché
à une longue perche ; mais la Déeffe
fraïeur retint fon favori entre fes bras
glacez , voïant le danger qui menaçoit
fes jours, & le força à fe retirer au
plus vite. Dans le même moment les
deux Guerriers fans fe reveiller fe tour-

F 7

ne-

* Voïez l'Avertiffement du Libraire.

nerent avec impetuofité; le mouvement
de leurs corps répondant aux images
trompeufes qui les amufoient pendant le
fommeil. *Phalaris* fongeoit qu'un vil
Poëtereau l'aïant fatirifé, il l'avoit en-
fermé dans fon Taureau d'airain où le
malheureux remplilloit l'air de fes meu-
glemens. Pour *Æfope* il révoit qu'il
étoit étendu à terre avec d'autres Chefs
des *Anciens*, & qu'un Ane s'étant déta-
ché les fouloit aux pieds & les ataquoit
par des ruades redoubles. Le divin
Bentley efraïé du mouvement involon-
taire de ces deux Capitaines, n'ofa rien
entreprendre contre eux, il fe contenta
de faifir leurs armes, & il fe retira pour
aller rejoindre fon cher *Wotton*.

Ce jeune Heros cependant avoit traverfé les Campagnes pour chercher
quelque avanture digne de lui ; il parvint à la fin au bord d'un petit ruiffeau, qui près de là a fa fource, que
les mortels apellent *Hypocrene*. Il s'y
arrêta & preffé de la foif, il voulut l'a-
paifer dans ce criftal liquide ; trois fois
fes mains portérent l'eau facrée à fa bouche, & trois fois elle s'écoula à travers
fes doits. Il fe jette à terre pour ne
plus tromper fa cruelle foif, mais fes levres

vres n'avoient pas encore baifé cette onde pure , quand *Appollon* arriva près
de là ; ce Dieu plaça fon bouclier entre
la fource & le *ruiffeau* , & *Wotton*
plongeant fa tête jufqu'au fond ne fe
remplit la bouche que d'une bouë
épaiffe.

Quoiqu'aucune fontaine de l'univers n'ofe comparer la pureté de fes
eaux , avec celle de ces ondes facrées il
ne laiffe pas d'y avoir au fond une efpece de fediment de limon & de bouë ;
* *Jupiter* a donné cette qualité à *l'Hypocrene*, à la priere d'*Apollon*, afin que
la punition fût toute prête pour ceux
qui oferoient y toucher d'une bouche
impure , & pour les imprudens qui fe
hazarderoient à s'y plonger trop avant.

Près de la fource même, *Wotton* apperçut deux Heros d'entre les ennemis. Il ne
reconnut pas le premier , mais il diftingua
clairement les traits de *Temple*, Général
des Alliez des Anciens. Il étoit ocupé

a

---

* L'Auteur prétend ici turlupiner l'exacte critique des modernes , qui creufent trop dans la
Poëfie des Anciens , & qui l'examinent avec
beaucoup de rigueur par les regles fteriles du
bon fens.

à puifer cette onde pure dans fon cafque, & à la boire à coups redoublez;
à cette vûë, *Wotton* fentit fes mains
trembler, fes genoux chancellerent,
& cependant il fe parla ainfi à lui-même : *O fi je pouvois terraffer ici ce Def-
tructeur fatal de nos Troupes ! quelle ne
feroit pas ma réputation parmi nos Chefs;
mais de l'ataquer de front, d'opofer poitrine à poitrine, bouclier à bouclier, lance
à lance, quel Moderne oferoit y penfer feulement, car il combat comme un Dieu,*
Apollon *ou la guerriere* Pallas *fe trouvent
toûjours à fes côtez. O ma Mere,* continua-t-il, *fi la renommée ne trompe pas
les foibles mortels, en publiant que je fuis
fils d'une fi grande Déeffe, acordez-moi
d'atteindre* Temple *avec ce javelot. Que
le coup l'envoïe fur les rives du noir Co-
cyte, & que chargé de dépouilles je re-
tourne triomphant à l'Armée que vous fa-
vorifez.*

Les Dieux exaucérent une partie de
fa priere, par l'interceffion de fa Mere
& de *Momus*, mais un vent excité par
la deftinée diffipa le refte dans les airs.

Wotton faifit fon javelot & après l'a-
voir branlé avec toute la force dont il
étoit capable, & que fa Mere augmen-
toit

toit encore, il le darde au Heros, qui ne
s'y attend pas ; le dard perce l'air en
fiflant, parvient à peine jufqu'au bau-
drier du grand *Temple*, & tombe à
terre comme un fardeau inutile. Le
Heros ne fentit pas feulement que le javelot le touchoit, il ne l'entendit pas
même tomber, & *Wotton* auroit pu regagner fes Troupes avec la gloire d'a-
voir lancé impunement fon dard contre
un Chef de cette reputation. Mais
Apollon courroucé de ce qu'un javelot
dardé par l'affiftance d'une Divinité fi
infame, avoit profané les bords de fa
fontaine, prit la figure d'un. . . . -
Il aprocha d'une démarche lente du
jeune *Boyle*, qui fe trouvoit auprès de
Temple, il lui montra le javelot & le
Moderne, qui avoit eu l'audace de le
lancer, & ordonna au jeune Guerrier
d'en prendre une promte vengeance.

Boyle couvert d'Armes que les Habitans du haut Olimpe lui avoient don-
nées d'un commun acord avance auffi-
tôt fur l'ennemi tremblant, qui n'ofe
l'attendre de pied ferme. Tel un jeune
Lion des plaines de la *Lybie*, que fon
Pere accablé d'âge envoïe à la chaffe,
ou pour chercher de la proïe, ou pour
exer-

exercer fa vigueur , & pour augmenter
fes forces , traverfe d'une courfe impetueufe les Collines & les Vallons ; il
fouhaite avec ardeur de voir defcendre
des montagnes quelque Tigre carnaffier
ou quelque Ours furieux. Si par hazard un *Ane fauvage,* par fa voix importune choque l'oreille de l'animal ma-
gnanime , quoique peu avide de trem-
per fes griffes dans un fang fi vil, fati-
gué pourtant de ce bruit defagreable,
que l'*Echo* , auffi peu judicieufe que le
refte de fon Sexe , repete avec plus de
plaifir que le chant de *Philomele* , il fe
refoud à vanger l'honneur de la forêt,
& d'un feul coup de fes griffes invincibles il déchire la bête bruïante. Tel
Boyle pourfuivit *Wotton* , qui fuïant
devant lui, auroit fouhaité d'égaler la
rapidité du vent. Mais accablé d'armes
pefantes , & lourd de fon naturel il
commença à rallentir fa courfe , quand
il apperçut fon cher *Bentley* chargé des
dépouilles des deux Heros Anciens ,
dont la valeur étoit enfevelie dans le
fommeil. *Boyle* le vit venir, & remar-
quant d'abord le cafque & le Bouclier de fon Ami *Phalaris* , que le
jeune

* jeune Heros avoit depuis peu poli &
doré de ſes propres mains , il s'anima
d'une noble fureur, & les yeux enflammez de colere il laiſſa là *Wotton* pour ſe
jetter ſur ce nouveau venu. Il déſiroit
ardemment de vanger ſes Amis offenſez
ſur tous les deux , mais ils avoient pris
leur fuite de differens cotez. C'eſt
ainſi qu'une Femme ruſtique, à qui la
quenouille fournit dans ſa cabane une
maigre ſubſiſtance , ſi par hazard ſes
oyes ſont répendus par le village, court
tantôt d'un coté & tantôt de l'autre ,
pour forcer ces animaux vagabonds à
rentrer dans la hute. Ils rempliſſent
l'air de leurs cris , ſe jettent dans la
Campagne & en remuant leurs aîles ,
ils s'efforcent à rendre leurs corps plus
legers pour leurs pieds chancellans.
C'eſt ainſi que *Boyle* pourſuivit ; c'eſt
ainſi que ce couple d'Amis ſe conduiſit
dans leur fuite. Voïant à la fin que
leurs efforts étoient vains ils ſe joignent
courageuſement, s'arrêtent, & attendent
le terrible ennemi; d'abord *Bentley* lui
lance un javelot de toutes ſes forces ,
mais

---

* Voïez l'Avertiſſement du Libraire ; *Boyle*
avoit publié une nouvelle Edition de *Phalaris.*

mais *Minerve* en aïant araché la pointe d'acier, au milieu de l'air, y en mit à la place une autre de plomb, qui après avoir choqué le bouclier du Heros tomba à terre toute émoussé; alors *Boyle* prenant son tems avec beaucoup de justesse saisit un dard d'une longueur & d'un poids extraordinaire, & comme ce couple d'Amis étoit serré, cote contre cote; il tourna du coté droit, & avec une force surnaturelle il lança le javelot fatal. *Bentley* voit aprocher sa malheureuse deitinée; il couvre ses cotés de ses bras, dans l'esperance de sauver du moins son corps, de ce coup terrible; mais la pointe entre; elle passe par les bras & par le flanc, & ne perd pas sa force avant qu'elle ait aussi percé de part en part le vaillant *Wotton* qui voulant soutenir son ami expirant, partage son triste sort. Tel un habile Cuisinier perce d'un seul coup de sa broche aigue les corps d'une couple de cocqs de bruiere, dont les aîles sont fermement atachées à leurs tendres flancs. De la même maniere la lance du Divin *Boyle* traversa les deux amis; ils tombérent à terre avec un bruit horrible, unis dans leur mort, comme ils l'avoient

été

été dans leur vie. Ils étoient tellement atachez l'un à l'autre, que ne paſſant que pour un ſeul corps, ils auront ſauvé ſans doute la moitié du paſſage de l'avarice de *Caron*. Adieu couple lié par les plus ſaints nœuds de l'amitié mutuelle, adieu *Oreſte* & *Pylade* de notre âge ; vous quittez un ſejour où peu d'amis vous reſſemblent ; ſi l'Eſprit & l'Eloquence ont encore quelque force vous ſerez heureux, vous ſerez immortels.

Deſunt Cætera.

R E-

REFLEXION

SUR UN

BALAY.

*Dans le goût des Meditations de
Meſſire Robert Boyle.*

Ontemplez ce *Balay* jetté igno-
minieuſement dans un coin.
Je l'ai vu autrefois dans un
état floriſſant; il ocupoit une
place honorable dans une grande forêt,
il étoit plein de ſuc, couvert d'une
verdure riante, & de rameaux épaïs;
en vain l'induſtrie de l'homme veut com-
batre la nature, en atachant à ce trônc
deſeché l'ornement étranger de quelque
branches fletries; ce n'eſt tout au plus
qu'un arbre renverſé, qui porte ſes
branches vers la terre & ſa racine en
l'air;

l'air ; il est manié à préfent par les fer-
vantes les plus mauffades , condamné
à fervir d'inftrument à leurs viles occupations, & par le fort le plus capricieux,
il eft deftiné à fe falir , dans le tems
qu'il nettoïe toute autre chofe. Ufé à
la fin dans ce trifte fervice , il eft jetté
dans la ruë , ou bien il eft mis en piéces pour allumer le feu. Quand je
l'examine , je foupire, & je ne faurois
m'empêcher de me dire à moi-même.
Certainement l'homme mortel n'eſt qu'un
Balay.

La nature envoïe l'homme dans le
monde, vif & robufte, fa tête eft ornée
de fes propres cheveux, branches naturelles des *végétaux raiſonnables*, jufqu'à
ce que la hache de l'intemperance coupe ces rameaux fi gais & fi riants , &
le laiffe un tronc défeché. Alors il a
recours à l'Art , il fe charge le front
d'un vil amas de cheveux étrangers tous
couverts de poudre ; il en paroit fier
comme d'une dépouille glorieufe. Si
ce *Balay*, que nous voïons là, vouloit fe
donner des airs fur ce faiffeau de branches , qui ne font pas de fon cru , &
qui font tous couverts de pouffiere ,
quoi qu'elles fervent peut-être à donner
de

de la propreté à la chambre de la plus belle Dame, sa vanité ne nous paroitroit-elle pas ridicule & méprisable au suprême degré ? Nous sommes des juges également aveugles, de notre propre mérite, & des défauts d'autrui.

Mais, dira-t-on, un *Balai* est l'embleme d'un Arbre appuïé sur sa tête ; eh je vous prie, qu'est-ce que l'homme, qu'une créature toûjours tournée sens dessus dessous ? ses facultez animales ont toujours le dessus sur sa raison ; sa tête est placée où devroient être ses pieds, elle se vautre toujours dans la terre. Avec tous ces défauts, il veut être le Réformateur-General des erreurs, & des vices ; il fouille continuellement dans tous les égouts de la nature, il met en lumiere des villenies cachées, il excite une épaisse poussiere, où l'on n'en voïoit point auparavant, & en même tems il se plonge dans les ordures, dont il veut débarasser les autres. Ses derniers jours sont consumez dans l'eclavage des femmes, & d'ordinaire de celles qui le meritent le moins, jusqu'à ce que usé

jus-

juſqu'au bout , comme ſon Frere le *Balay* , il ſoit chaſſé de la maiſon * , à moins qu'il n'ait dequoi allumer un feu auprès duquel les autres s'échaufent.

* C'eſt ici une ſatyre des vieillards amoureux, qui , comme on dit, donne les violons , pour faire danſer les autres.

PENSE'ES DETACHE'ES
MORALES,
ET
DIVERTISSANTES.

1. **N**Ous avons juſtement autant de Religion , qu'il nous en faut , pour nous haïr les uns les autres ; nous n'en avons pas aſſez , pour nous porter à la tendreſſe mutuelle.

2. Quand nous réflechiſſons ſur les évenemens paſſez , les *Guerres* , les *E-meutes* , les *Negociations* ; nous nous é-tonnons de ce que les hommes ſe ſont donné tant de mouvemens pour des choſes ſi paſſagéres : ſi nous conſide-rons le tems préſent ; nous voïons pré-ciſe-

cifement la même humeur intrigante, qui s'ocupe fur les mêmes Evenemens; & nous ne nous en étonnons point du tout.

3. L'Homme fage tire des conjectures & des conclufions de l'examen de toutes les circonftances des chofes ; mais le moindre incident , qu'il n'eft pas poffible de prévoir , eft capable de donner aux affaires , des tours fi peu attendus, & traine après lui des revolutions fi furprenantes , que le fage eft fouvent auffi peu en état de juger des évenemens , que l'homme du monde le plus ignorant & le moins expérimenté.

4. L'Efprit décifif eft une excellente qualité pour les Prédicateurs & pour les Avocats , parce que celui qui veut *obtruder* fes penfées , & fes raifons à une multitude , n'en peut perfuader les autres , qu'à proportion , qu'il en paroit fortement convaincu lui-même.

5. Comment peut-on s'atendre à voir les hommes recevoir de bonne grace les Confeils qu'on leur donne fur leur con-

duite,

duite, quand on les voit rejetter avec dédain les avertiffemens qui régardent un danger préfent que les menace.

6. J'ai oublié, fi parmi les chofes qui font perduës fur la Terre, & qui fe confervent dans la Lune, *Ariofte* met les *Confeils* ; il auroit dû les y placer auffi bien que le *Tems*.

7. Le feul Prédicateur, dont on pro-fite, c'eft le Tems ; il nous donne préci-fement le même tour d'efprit, que les gens d'age fe font efforcez en vain de nous infpirer.

8. Quand nous defirons, ou recher-chons certaines chofes, notre ame ne s'a-tache qu'à leur face lumineufe, & rian-te ; quand nous les poffedons, nous ne les confiderons que de leur coté fombre & ténébreux.

9. On remarque dans une verrerie, qu'un artifan qui jette quelques poi-gnées de charbons froids dans le feu, femble l'étouffer ; mais un feul moment après la flamme fe ranime & prend une nouvelle vigueur. Ce Phenomene peut être

être une Emblême jufte de l'utilité des paffions, qui judicieufement atifées femblent traverfer les operations de l'ame, quoique dans le fond elles l'empêchent de tomber dans une langueur lethargique.

10. Il femble que certaines gens croïent que la Religion eft tombée en enfance, & qu'elle doit fe nourrir *de Miracles*, comme du tems qu'elle étoit encore au *Berceau*.

11. Tous les accès du plaifir font contrebalancez par un degré égal de chagrin, & de douleur ; celui qui s'y abandonne reffemble à un prodigue, qui dépenfe pendant l'année courante, la moitié du revenu de celle qui fuit.

12. Les derniers jours de l'homme fage fe paffent entierement à fe guerir des folies, des préjugez, & des fauffes opinions, qu'il a contractées dans fa jeuneffe.

13. Si un Autheur veut favoir, par quelles routes il fe rendra agréable à la pofterité ; qu'en examinant les livres de

G 3   nos

nos Prédecesseurs, il prenne garde à ce qui l'y charme le plus, & à ce qu'il y regrette davantage.

14. Que les Grands Seigneurs ne soient pas les dupes des magnifiques promesses des Poëtes ; il est certain qu'ils ne donnent l'immortalité qu'à eux-mêmes; nous admirons *Homere* & *Virgile*, & non pas *Achille* ou *Ænée*. Il en est tout autrement des Historiens ; nos pensées s'ocupent entierement des Evenemens, des actions, & des personnes dont ils nous parlent ; à peine avons nous le loisir de songer à celui qui nous les dépeint.

15. Une marque certaine qu'un homme qui paroit avec éclat dans le Monde, est véritablement un grand Genie, c'est la conspiration que tous les petits esprits trament contre lui.

16. Les personnes qui possedent tous les avantages de la vie humaine, sont dans un état, où un grand nombre d'accidens peuvent les troubler & leur donner du chagrin, & où peu de choses sont capables de leur donner du plaisir.

17.

17. Il est ridicule de punir les Poltrons par l'infamie ; s'ils l'avoient crainte , ils n'auroient pas été poltrons ; le supplice qui leur convient, c'est la mort, puisqu'il n'y a que la mort qu'ils craignent.

18. Les plus belles Inventions sont trouvées d'ordinaire dans les siécles les plus ignorans ; tels sont *l'usage de la Boussole*, *de la poudre-à-canon* , *& l'imprimerie* , qui ont été tirez des tenèbres de l'ignorance par la Nation le plus stupide ; les *A* . . . . .

19. Une preuve , qui est seule capable de faire voir la fausseté de ce qu'on débite d'ordinaire , sur les spectres, & sur les apparitions , peut être tirée de l'opinion generale , qui veut que les Esprits ne se montrent jamais qu'à une seule personne à la fois. Si on explique ces paroles par une interprétation sensée, elles ne veulent dire, sinon qu'il arrive rarement que dans une Compagnie il se trouve plus' d'une personne hypocondriaque à un certain degré.

G 4   20.

20. Je m'imagine qu'au jour du jugement, il y aura peu de connivence pour les gens éclairez, qui auront manqué du coté de la morale, & pour les ignorans qui auront failli du coté de la Foi ; ainsi les avantages de l'habileté & de l'ignorance feront égaux. Je crois encore que quelques doutes dans les habiles gens, & quelques vices dans les ignorans feront facilement pardonnez à la force de la tentation.

21. La valeur de plusieurs circonstances dans l'Histoire est extrêmement diminuée par l'éloignement des Epoques; il y en a pourtant de très-petites en aparence, qui répandent un grand jour sur les évenemens, & il faut un esprit très-judicieux dans l'Historien, pour en faire un bon choix.

22. Cet *âge Critique* est une expression devenuë aussi fort en vogue parmi les Auteurs, que ce *siecle corrompu* l'est parmi les Théologiens.

23. Il y a quelque chose de comique, à observer les obligations que le siecle pré-

préfent impofe aux fiécles futurs. *Les fiecles futurs parleront de ce fait. C'eſt une affaire, qui s'attirera l'attention de toute la poſterité*; on ne fonge pas, que la pofterité fera comme nous, & qu'elle n'emploïera fon tems & fes penfées qu'aux chofes préfentes.

24. Le Camaleon, qui felon les fentimens des Naturaliftes ne fe nourrit que d'air, a de tous les animaux la langue la plus deliée, & la plus vive dans fes mouvemens.

25. Il arrive dans les difputes ce qui eft ordinaire dans les Armées ; le **Parti** le plus foible étale des lumieres trompeufes, & fait un bruit exceffif pour donner à l'ennemi une haute idée de fes forces.

26. Quand quelqu'un en Angleterre eft fait *Pair fpirituel* du Roiaume il perd fon *nom de Famille*, fi quelqu'un devient *Pair temporel*, il perd fon nom de Batême.

27. Certaines gens, fous prétexte
d'ex-

d'extirper les préjugez, déracinent la vertu, la probité, & la religion.

28. Dans plusieurs Républiques bien reglées, on a eu soin autrefois de borner par des Loix les possessions des Particuliers. Plusieurs fortes raisons y ont porté les Legislateurs ; une entr'autres, à laquelle on fait le moins d'attention. Quand on renferme les désirs des hommes dans certaines bornes, il arrive que dès qu'ils ont acquis tout ce que les loix leur permettent de posseder , leur intérêt particulier n'ocupe plus leurs passions ; & ils sont obligez de leur donner pour objèt l'interêt public.

29. L'Homme n'a que trois moïens de se vanger de la censure du Public ; de la meprifer, d'ufer de répréfailles, & de se conduire avec tant de précaution qu'il n'y donne deformais aucune prife ; on fait oftentation de la prémiere de ces methodes , la derniere est presque impossible , c'est la seconde qui a la vogue.

30. *Herodote* nous dit que dans les païs froids, les Animaux ont rarement
des

des *Cornes*, mais que dans les païs chauds ils en ont de fort grandes ; on pourroit faire de cette remarque une application aſſez plaiſante.

31. Ceux qui font la ſatire la plus fine de tout ce qui régarde les Procès , ce ſont les Aſtrologues , quand par les regles de leur Art , ils prétendent déterminer, quand ils ſeront finis , & a l'avantage de quel parti ils ſeront décidez; de cette maniere il font dépendre tout le ſuccès, de l'influence des étoiles, ſans avoir le moindre égard à la juſtice de la cauſe.

32. J'ai fort ſouvent entendu tourner en ridicule ce qui eſt dit dans les livres *Apocryphes* touchant *Tobie* & ſon Chien, qui le ſuivoit. Cependant *Homere* s'exprime plus d'une fois de la même maniere à l'égard de *Telemaque* ; *Virgile* dit encore quelque choſe de fort aprochant d'*Evander*, & je m'imagine, que le livre de *Tobie*, eſt en partie écrit en vers.

33. J'ai vû des hommes, qui avoient d'excellentes qualitez , d'un grand uſa-

ge

ge pour les autres, & très-inutiles pour eux-mêmes; c'est ainsi qu'un quadran placé au frontispice d'une maison, fait savoir quelle heure il est à tous les voisins d'alentour, sans rendre le même service aux proprietaires qui sont dans la maison même.

34. Si quelqu'un avoit fait un Catalogue exact de toutes les opinions, qu'il a euës depuis son enfance jusqu'à sa vieillesse, sur *l'Amour*, la *Politique*, la *Religion*, & le *Savoir*, quel afreux Cahos de contradictions n'y trouveroit-il pas?

35. Nous ne savons rien de ce qui se fait dans le Ciel, mais nous savons ce qui ne s'y fait pas. *On ne s'y marie point, & l'on n'y donne point en mariage.*

36. Quant on observe le choix de nos Dames, & leur maniere de disposer de leurs faveurs, on ne sauroit que respecter la memoire de ces *Cavalles*, dont parle *Xenophon*. Tant qu'elles conservoient leur *criniere*, c'est-à-dire leur beauté

&

& leur jeuneſſe, elles ne vouloient pas ſoufrir les careſſes d'un Ane.

37. La ſituation la plus miſerable, c'eſt d'être ſuſpendu entre l'Eſperance, & la crainte ; c'eſt vivre dans une per- petuelle incertitude ; c'eſt-là le triſte état auquel fut condamnée *Arachné* changée en Aragnée par *Minerve* ;

Vive quidem , pende tame improba dixit.

38. Vouloir trouver le moïen de ſup- pléer à ſes beſoins en retranchant ſes paſſions, c'eſt ſe couper les pieds quand on a beſoin de ſouliers.

39. * Les Medecins ne devroient

G 7   point

---

* On ſait peut-être qu'en *Angleterre* quand il s'agit de condamner quelqu'un à mort, on choi- ſit douze perſonnes d'entre le Peuple qu'on ap- pelle des *jurez*, parce qu'ils font ſerment de ju- ger ſelon leur conſcience ; on leur expoſe le fait dans toutes ſes circonſtances, & on le confronte avec les Loix du Païs ; enſuite on les laiſſe en- ſemble , juſqu'à ce qu'ils ſoient tous du même ſentiment.   On n'admet pas les bouchers au nombre de ces *jurez* à cauſe de la cruauté, qu'ils contractent par le ſang, qu'ils répandent journel- lement. L'Auteur ne veut pas, par une raiſon
ſem-

point opiner fur les matieres de Religion, par la même raifon qui nous oblige en *Angleterre*, de ne point admettre les bouchers parmi les *juges jurez* quand il s'agit de la vie ou de la mort de quelqu'un.

40. La raifon pourquoi il y a fi peu de mariages heureux, c'eft que la plûpart des jeunes Dames s'apliquent à faire des *filets* & non à faire des *Cages*.

41. Un homme qui prête quelque attention aux objets qui frapent fes yeux dans les ruës, trouvera les vifages les plus gaïs dans les caroffes de deuil.

42. Rien ne rend un homme plus incapable d'agir avec prudence, qu'un defaftre accompagné de crime & d'infamie.

43.

femblable, qu'on permette aux Medecins de décider fur la Religion, où il s'agit de la vie, & de la mort éternelle, parce qu'il les confidere comme les bouchers du genre-humain ; d'ailleurs l'habitude de voir foufrir des miferables, les rends durs, & la fenfibilité eft une excellente difpofition du cœur pour adherer à la Religion.

43. Le pouvoir de la fortune n'eſt reconnu que par les miſerables ; les gens fortunez attribuent tout leur bonheur à leur *prudence*, *ou à leur merite.*

44. On s'acquite quelquefois des emplois les plus bas & les plus vils , par un principe d'Ambition ; c'eſt ainſi qu'un homme qui *monte* , eſt préciſe-ment dans la même attitude , qu'un homme qui *rampe.*

45. Les Amis d'un mauvais caractere reſſemblent aux chiens qui ſaliſſent le plus ceux à qui ils veulent marquer le plus de tendreſſe.

46. La cenſure eſt une taxe qu'un grand homme païe au public pour la ſuperiorité de ſes lumieres , & de ſon merite.

ESSAY

Dans le Gout le plus Moderne

Sur les

FACULTEZ de L'AME,

EN FORME DE LETTRE.

MONSIEUR,

Vous étes un si grand *Amateur des Antiquitez*, que je crois pouvoir supposer raisonnablement, qu'on ne sauroit que vous faire plaisir en vous offrant quelque chose de nouveau. Irrité depuis long-tems contre ces petits *Auteurs*, qui dans leurs *Essays*, & dans leurs discours *Moraux*, se jettent dans les lieux-communs, s'égarent loin de leur sujet, & cachent leurs livres tout entiers sous les citations les plus usées, j'ai resorefolu de faire un Effay debaraffé de toutes ces fautes , & propre à fervir de modelles aux jeunes Ecrivains. Vous verrez ici des penfées , & des remarques abfolument neuves, des citations ou aucun autre n'a touché feulement , enfin un fujet de la plus grande importance traité avec toute la methode & avec toute la clarté poffibles. Cet ouvrage m'a couté un tems confiderable ; je vous conjure de le recevoir & de le regarder comme le dernier effort de mon Genie.

Les Philofophes difent que l'homme eft un Microcofme , ou petit Monde en miniature , qui reprefente le Grand dans toutes fes parties. Je fuis encore perfuadé , que *le corps naturel* peut parfaitement bien être comparé *au Corps Politique.* Et fi cette comparaifon eft jufte , comment eft-il poffible que les *Epicuriens* difent la verité, en foutenant que l'Univers a été formé par un concours fortuit d'Atomes ? Je ferai prêt à embraffer leur opinion , quand je verrai les Lettres de l'Alphabet jetées à tout hazard, former un traité de Philofophie auffi favant qu'ingenieux ; *Rifum teneatis amici.* Hor.

Cette

Cette fauffe opinion en doit de neceffité produire plufieurs autres, de la
même maniere qu'une mauvaife *digeftion*
eft fuivi d'autres digeftions plus mauvaifes.

Tout batiment qu'on s'eforce à élever
fur une baze foible, doit crouler nécef-
fairement. C'eft ainfi que les aveugles
mortels font conduits d'erreur, en erreur, jufqu'à ce qu'enfin, avec *Ixion*,
ils embraffent un nuage au lieu d'une
Déeffe, ou qu'avec le Chien de la fa-
ble, ils prennent la réalité pour l'ombre.
Des opinions de cette nature n'ont aucune *cohérence*, mais femblables à la
terre & au fer, unis enfemble dans les
pieds de la ftatue de *Nabucodonozor*, elles doivent fe féparer, & tomber en
pieces.

J'ai lû dans un certain Auteur, qu'*A-
lexandre* pleura un jour, parce qu'il n'y
avoit qu'un Monde à conquerir, & il
auroit fort bien pu s'épargner ces lar-
mes, fi le concours fortuit des Atomes
étoit capable de produire des Mondes.
Auffi ce fentiment ridicule eft plus à la
portée du vulgaire, cette Hydre à plufieurs têtes, qu'à celle d'un homme
auffi fage qu'*Epicure*, & je croi fort
que

que les plus corrompues de fa Secte n'ont fait qu'emprunter le nom de leur illuftre maître, pour donner cours à cette opinion impertinante, femblables au finge, qui fe fervoit des griffes du chat pour tirer les Chataignes des cendres chaudes.

Cependant le premier pas qu'il s'agit de faire pour guérir un malade, c'eft de bien connoître la nature de fon indifpofition, & quoique la Verité foit difficile à trouver, parceque, felon le fentiment d'un Philofophe, elle demeure au fond d'un Puits, il n'eft pas neceffaire de fe fermer les yeux de propos déliberé, & il me fera permis j'efpere d'offrir ma pite au milieu d'un fi grand nombre de perfonnes qui me furpaffent en Erudition ; quelquefois un Spectateur voit mieux les coups que les joueurs eux-mêmes. D'ailleurs je ne croi pas qu'un Philofophe foit obligé de rendre compte de tous les Phenomenes de la Nature, ou de fe noïer avec *Ariftote*, faute de favoir expliquer le flux & le reflux. Sa meilleure fentence n'eft pas celle, à coup feur, qu'il s'apliqua à foi-même dans cette facheufe conjoncture. *Quia te non capio, tu capies me.* On peut

peut dire, qu'il fut dans cette occafion le *juge & le criminel*, *l'Accufateur & le Bourreau*.

Sa faute fut d'autant plus grande que *Socrate* ofa bien avouer, qu'il ne favoit rien, lui que l'oracle avoit declaré le fage par excellence.

Pour finir cette longue digreffion, je dirai qu'il me paroit auffi clair qu'une Démonftration *d'Euclide*, que la Nature ne fait rien en vain fi nous étions capables de fouiller dans fes tréfors les plus cachez; nous verrions, que le plus petit brin d'herbe, & les végétaux les plus méprifables en aparence, ont leur utilité particuliere. Elle eft fur-tout admirable dans fes plus petites productions, le moindre & le plus vil des infectes en découvre le mieux l'*Art*, s'il m'eft permis de parler ainfi, quoi qu'il foit fur que prenant plaifir à varier fes Ouvrages, elle laiffe *l'Art* bien loin derriere elle, comme obferve parfaitement bien un Poëte.

Naturam expellas furcâ, tamen ufque recurret.

Il eft vrai que les differentes opinions
des

des Philofophes ont répandu dans le Monde autant de maladies de l'ame, qu'il eft forti de maladies du corps, de la boëte de *Pandore*, avec cette difference pourtant qu'elles n'ont pas laiffé l'efperance au fond.

Si la *vérité* n'a pas quitté la terre avec *Aftrée*, du moins eft-elle auffi cachée, que la fource du *Nil*, & l'on ne fauroit la trouver que dans l'*Utopie*. Je ne prétends pas par là avancer une propofition injurieufe pour les Sages de l'Antiquité, ce feroit une efpece d'ingratitude; & celui qui apelle un homme ingrat le charge de tous les vices imaginables.

Ingratum fi dixeris, omnia dicis.

Mais quand je devrois paffer pour un Auteur, qui aime à debiter des Paradoxes, j'oferai foutenir, que ce qu'il y a de plus blamable dans les Philofophes c'eft l'*orgueil*. *Ipfe dixit*; en voila affez pour obliger quelqu'un à s'atacher aveuglement à leurs idées; quoique *Diogene* vecût dans un Tonneau, peut-être cachoit il autant d'orgueil fous fes Guenilles, que le Divin *Platon* fous fa robbe fuperbe.

On

On nous raporte de ce Philofophe Cynique, que quand *Alexandre* le vint voir, & lui promit tout ce qu'il voudroit demander, il lui répondit ainfi ; *tirez vous d'entre moi & le Soleil, & ne m'otez pas ce que vous ne fauriez me donner.* Et par là il fe montra auffi extravagant, que cet autre Philofophe, qui jetta toutes fes richeffes dans la Mer, en prononçant ces paroles remarquables. . . . .

Quelle difference ne remarque-t-on pas entre cet homme & cet Ufurier, qui étant averti que fon Fils dépenferoit tout ce qu'il avoit amaffé, repondit, *il ne trouvera pas plus de plaifir à le prodiguer, que je n'en ai fenti, en l'accumulant.*

Ces fortes de gens voïent les fautes d'autrui, & font aveugles pour leur propres défauts ; qu'ils portent dans le fac qu'ils ont derriere le dos. *Non videmus id manticæ, quod in tergo eſt.*

Je crains bien, d'être cenfuré pour la liberté de mes fentimens par ces *Momus* envieux, que les Auteurs adorent par un principe de crainte, comme les Indiens facrifient au Diable ; ils feront tous leurs efforts, pour donner autant
de

de playes à ma reputation , qu'on en voit à *l'image* qui est placé au frontispice de l'Almanac.

Mais je méprise leurs coups, & peuttre ces viles mouches voleront si longtems à l'entour de la chandelle, qu'à la fin elles y bruleront leurs aîles. Ils me le pardonneront bien, si j'ose leur donner cet avis, & si je les prie de ne point invectiver contre des choses qui sont audessus de leur Sphere ; leurs critiques ridicules ne font que découvrir leur vile jalouzie, cette passion qui se déchire elle-même & qui surpasse tous les tourmens inventez par les tyrans , dont la cruauté a été la plus ingénieuse.

Invidiâ, siculi non invenere Tyranni Tormentum majus--Juv.

Je ne crois pas me donner ici des airs, en asseurant mes censeurs , & certains apprentifs Beaux-Esprits , qu'ils sont aussi peu en état de juger de mes Ouvrages , qu'un homme né aveugle est capable de distinguer les couleurs. J'ai toûjours observé que les tonneaux vuides faisoient le plus de bruit, & je me soucie des coups de fouet de pareilles gens,

gens, auſſi peu que la mer ſe mit en peine de ceux de *Xerxes*. Je ſai bien que la plus grande faveur qu'on puiſſe attendre d'eux, eſt celle que *Polypheme* promit à *Uliſſe* : *d'être devoré le dernier*. Ils s'imaginent vaincre un Auteur à la maniere de *Céſar*, par un *Veni*, *vidi*, *vici*.

J'avouë, que je fais un cas extraordinaire du jugement d'un petit nombre de gens ſenſez, d'un * *Rhymer*, d'un *Denys*, d'un *Welsh*, mais pour dire mon ſentiment des autres en fort peu de mots, je crois qu'on peut aſſeurer que le *vuide* dont les Philoſophes ont ſi long-tems diſputé, ſe trouve dans le cerveau de ces petits eſprits. Ils ne ſont que les Guépes du monde ſavant ; ils dévorent le miel, & ils ne veulent pas travailler eux-mêmes ; un Auteur ne doit pas s'en embaraſſer d'avantage, que la Lune ne ſe met en peine des abboïemens d'un Dogue. En dépits de leurs terribles rugiſſemens, il eſt facile de découvrir chez eux l'Ane ſous la peau du Lion.

J'en reviens à mon ſujèt. Qu'elle eſt
la

---

* Auteurs medioeres,

la premiere partie de l'Orateur, demanda quelqu'un à *Demofthene*; *l'action* dit-il; *la feconde?* *l'Action*; la troifiéme? *l'Action*, & ainfi jufqu'à l'infini. Ce Principe peut-être veritable par raport à *l'Art Oratoire*, mais il eft certain, que la contemplation s'étend bien au delà de *l'Action*. C'eft pourquoi un homme fage n'eft jamais en meilleure Compagnie, que quand il eft feul.

Nunquam minus folus, quam cum folus.

Et *Archimède* ce fameux Mathematicien étoit fi attentif à ces Problêmes, qu'il n'apperçut pas feulement le Soldat, qui étoit venu pour le tuer.

Je n'ai pas la moindre envie d'ôter quelque chofe à la Gloire, qui eft duë aux Orateurs, & à leur Art, mais il eft bon de confidérer pourtant, que la Nature, qui nous a donné deux yeux, pour voir, & deux oreilles pour écouter, ne nous a donné qu'une feule langue pour parler; il eft vrai que certaines gens favent donner tant d'exercice à cette petite partie du corps humain, que les *virtuofi*, qui ont fait tant d'efforts pour trouver le mouvement perpetuel peuvent le découvrir là fans peine.

Il y a des gens, qui ont une haute idée des Républiques, parce que les Orateurs y fleuriffent le plus, & qu'ils fe font toûjours montrez ennemis jurez de la *Tyrannie*; mais à mon avis un feul Tyran vaut mieux qu'une centaine. Ces *beaux-parleurs* ne font qu'animer la multitude, dont pourtant la colere n'eft qu'un court accès de fureur; *Ira furor brevis eft.*

Après tout, les Loix ne font que des toiles d'Araignées, qui prennent les mouches, & qui font brifées par les Guêpes. Cela foit dit en paffant. Pour ce qui regarde l'habileté de l'Orateur, il eft certain que fon grand art confifte à cacher l'Art.

Artis eft celare artem.

Mais ce talent ne s'acquiert qu'avec le tems, & à force de reflechir, & de profiter de toutes les occafions, qui fe prefentent. Si on ne s'en faifit point, on ne fait que travailler à la toile de *Penelope*, qui défaifoit pendant la nuit, tout ce qu'elle avoit tiffu pendant le jour.

jour. Ce qui confirme encore ce que je viens d'avancer c'eſt l'obſervation que j'ai faite, que *l'occaſion* eſt repreſentée chauve par derriere, & avec un toupet de cheveux au front; cet Emblême ſignifie qu'il faut la prendre aux cheveux. parce qu'on la rapelle en vain, quand elle eſt une fois paſſée.

Fronte capillata, poſt eſt occaſio calva.

L'Ame humaine reſſemble d'abord à une *table raſe*, s'il m'eſt permis de parler ainſi, ou à une cire, qui pendant qu'elle eſt molle, eſt ſuſceptible de toutes ſortes d'impreſſions; elle contraĉte peu à peu plus de conſiſtance, & de dureté, juſqu'à ce qu'enfin la mort vient l'arrêter au milieu de ſa carriere. Les plus grands Conquerans ont enfin ſuccombé ſous les coups de la Parque, qui n'épargne perſonne depuis le Séptre juſqu'à la houlette.

Mors omnibus communis.

Toutes les Rivieres ſe jettent dans la Mer, mais aucune n'en revient. Quand *Xerxes* fit la revuë de ſes Troupes in-
nom-

nombrables , il pleura en confiderant
que de tant de millions d'hommes perfonne ne feroit envie dans l'efpace de
cent ans. *Anacreon* fut fuffoqué par
un pepin de raifins , & l'on meurt de
joïe auffi bien que de douleur. Rien
n'eft conftant dans le monde , que l'in-
conftance, ce qui n'empêcha pas le divin *Platon* de foutenir , que fi la vertu
paroiffoit aux yeux des humains avec
tous fes ornemens naturels , ils feroient
tous charmez de fa beauté ; néanmoins
l'intérêt gouverne tellement le monde
à préfent , & ce que les Anciens apel-
loient *aurea mediocritas* , eft tellement
méprifé parmi nous , que nous ferions
une fort mauvaife reception à *Jupiter*
lui-même , à moins qu'il ne defcendit
fur nous comme une pluie d'or , de la
même maniere qu'il trouva l'entrée de
la tour de *Danaé* ; les mortels dans ce
fiecle de fer, laiffent le Soleil couchant,
pour n'adreffer leur culte qu'au Soleil
qui fe leve.

Donec eris Felix multos numerabis amicos.

Je mets ici des bornes à ma Differtation , que je n'ai entreprife , que pour
obéir

obéir à vos ordres ; il me falloit un motif de cette force, pour m'expofer aux cenfures de *cet âge Critique*. Si j'ai fatisfait à ma matiere, ou non, c'eft ce qu'il faut laiffer a décider aux lumieres du Lecteur favant & judicieux. Quoi-qu'il en foit, je puis efperer du moins que cet effay encouragera quelque Gé-nie d'un autre ordre, que le mien, à traiter le même fujet avec plus de fuc-cès.

DIS-

DISSERTATION

Où l'on prouve que

L'Abolissement du Christianisme

EN

ANGLETERRE.

*Pourroit dans les conjonctures préfen-
tes engager nos Roïaumes dans quelques inconveniens, & peut-être ne
pas produire tous les avantages
qu'on femble en atendre.*

Cet Ouvrage a été fait l'an 1708.

JE fai parfaitement bien, que l'Efprit humain ne donne jamais des marques plus fenfibles de fa foibleffe, & de fa préfomption, que lorfqu'il veut emploïer

ploïer le raifonnement contre les opinions généralement reçûës, contre les
modes, & contre les habitudes, qui
ont pris le deffus. Je me fouviens qu'on
a confidéré avec beaucoup de Juftice,
comme une chofe extrêmement favorable à la liberté du Peuple & de la Preffe, la defenfe qui a été faite de parler,
d'écrire, ou de faire des gageures, contre l'*Union**, avant quelle eut été confirmée par le Parlement. On menaça
même les transgreffeurs d'une punition
fevere, avec beaucoup de raifon : on
ne fauroit confiderer ceux que s'opofent
au torrent des idées communes, que
comme des Perturbateurs du repos public. Sans parler de l'extravagance,
qu'il y a à former toutes fortes de pro-
jets évidemment inutiles, il eft certain
que ces gens-là commettent un crime de
lèze-Societé, en péchant contre ce principe fondamental : *la voix du Peuple eft
la voix de Dieu.*

Je crains bien que par les mêmes raifons, il n'y ait de l'imprudence à argumenter contre l'Aboliffement du Chrif-

H 4   tianif-

---

* La fameufe union de l'Ecoffe & d'Angleterre.

tianiſme, dans une conjoncture, où l'on remarque, que tous les partis, & toutes les differentes Sectes, y ont le même panchant, comme il paroit clairement par leurs diſcours, leurs écrits, & leurs Actions. Malgré cette conſidération ſi forte, ſoit par une ſingularité affectée, ſoit par la perverſité ordinaire de la nature humaine, ſoit par une force ſuperieure de ma deſtinée, il m'eſt impoſſible d'être entierement de cette opinion. J'avouë même que quand je ſerois ſûr que le *Procureur-General* me pourſuivroit en juſtice, je ne ſaurois m'empêcher de ſoutenir, que dans la ſituation préſente de nos affaires, il n'y a pas une neceſſité abſoluë de déraciner abſolument le Chriſtianiſme, dans notre Patrie.

Cette propoſition paroitra peut-être ſurprenante, dans un ſiécle ſi ſage, & ſi amateur même des Paradoxes, & pour cette raiſon je manierai ce ſujet avec toute la délicateſſe, & toute la précaution imaginable, en manquant, auſſi peu qu'il me ſera poſſible, au reſpect qui eſt dû à la *pluralité des voix*.

J'obſerverai ici en paſſant juſqu'à quel point le génie univerſel d'une nation eſt ſu-

ſujèt à changer en moins d'un demi-
ſiécle. J'ai entendu dire à des gens
d'âge, qu'ils ſe ſouviennent d'un tems,
où le ſentiment contraire à celui qui eſt
à préſent généralement adopté, avoit
abſolument la vogue, & où le projèt
d'abolir le Chriſtianiſme, auroit paſſé
pour auſſi abſurde, que le paroit à préſent la hardieſſe d'écrire contre une pareille entrepriſe.

J'avouë ingenument que toutes les
aparences ſont contre-moi. Le Syſtême
de l'Evangile aïant parmi nous la deſtinée de tous les autres Syſtêmes eſt dé-
crié generàlement, & il eſt trop vieux
pour conſerver encore quelque reſte
d'Autorité ; toute la maſſe même du
petit Peuple, où le credit du Chriſtianiſme s'eſt ſoutènu le plus long-tems,
en a à préſent tout autant de honte,
que les perſonnes de naiſſance. Je ne
m'en étonne pas ; les opinions comme
les modes, deſcendent par caſcade du
noble juſqu'au bourgeois; de là ils tom-
bent au milieu du vulgaire, comme
dans un canal, où elles s'écoulent, &
diſparoiſſent à la fin entierement.

Avant que d'entrer dans la *tractation*
de ma matiere, je ſuis obligé, pour

H ſ   ôter

ôter toute ambiguité, d'emprunter une diftinction de certains Auteurs, qui font une difference entre *Trinitaires de nom*, & *Trinitaires réels*. J'efpere qu'aucun Lecteur ne fera affez injufte à mon égard, pour fe mettre dans l'efprit, que mon deffein eft de défendre le *Chriftianifme réel*, qui dans les premiers fiecles, s'il en faut croire les Auteurs de ces tems-là, influoit fur les idées, & fur les actions des hommes. Je conviens que ce feroit-là le projet du monde le plus abfurde & le plus pernicieux. Ce feroit vouloir détruire d'un feul coup toute l'Erudition du Roïaume, tous les Arts, toutes les Sciences, & tous ceux, qui les enfeignent ; ce feroit vouloir renverfer toute la Conftitution de notre Patrie, ruiner notre Commerce, & changer en deferts *la Cour* & la *Bourfe*.

Il y auroit la même abfurdité, que l'on découvre dans le Confeil que donne *Horace* aux Romains, de fe tirer de leurs vices, & de la corruption de leurs mœurs, en abandonnant leur Ville, & en cherchant une nouvelle demeure dans quelque coin reculé de l'univers.

Quoique dans le fond cet avertiffement,

ment ne soit pas des plus nécessaires,
j'ai trouvé bon de le faire, pour éviter
toute chicane. Pour le Lecteur éclairé
& benevole, il comprendra facilement
que le but de mon discours ne sauroit
être, que de défendre le *Christianisme
de nom*, puisqu'il y a déja bien du tems,
que le *Christianisme réel* a été aboli par
un consentement unanime comme absolument incompatible avec nos Systêmes
de richesse & de grandeur. Mais j'a-
vouë, qu'il m'est impossible de comprendre qu'il doive suivre de là nécessai-
rement, qu'il faut abjurer le nom de
Chrêtiens ; je vois que tout le monde
s'y accorde, mais je ne saurois convenir de la solidité des raisons qui les y
portent. Je sais bien que les *Entrepre-
nans* de cette affaire prétendent, que la
Nation recevra des avantages confiderables de la réüssite de leur projèt, &
qu'ils font des objections assez plausi-
bles, contre nos Systêmes du Christianisme, mais je crois qu'il n'est pas impossible de les réfuter. J'en fais ma tache aujourd'hui, je considererai brie-
vement la force de leurs argumens, &
je promets de la mettre dans tout son
jour ; ensuite je ferai voir les inconve-

H 6   niens

niens que cette innovation pouvoit trai-
ner après elle, dans la fituation prefen-
te de nos affaires ; c'eft-là tout le plan
de ma differtation.

Un des plus grands avantages qu'on
atache à l'extirpation du Chriftianifme,
c'eft que par là on élargiroit beaucoup
les bornes de la liberté de confcience,
ce grand boulevard de la Nation, & de
la Religion Proteftante, auquel les *fraudes pieufes* font de frequentes breches,
malgré la bonne intention de nos Legiflateurs. Nous en avons vu un terrible exemple depuis peu ; deux jeunes
Cavaliers de grande efperance, d'un
efprit vif, & d'un jugement profond,
aïant meurement examiné les caufes &
les effets, avoient découvert par la feule force * de leurs lumieres naturelles,
débaraffées de toute rouille d'érudition,
qu'il n'y a point de Dieu, & ils avoient
généreufement communiqué aux autres
cette découverte fi importante & fi né-
cef-

* L'Auteur fait par tout ailleurs un fi grand
cas du favoir, qu'on voit évidemment par ce feul
paffage, que fon deffein eft de tourner en ridicule les Libertins, qui décident d'ordinaire effrontement fur la Religion, fans avoir ni Logique, ni Lecture.

ceſſaire au bien public. On eut la bar-
barie de leur en faire un crime , & tirant de la pouſſiere quelque vieille loi,
à qui la coutume avoit ôté toute autorité, on les punit de mort comme *Blaſ-*
phemateurs. Voilà ce qu'on ne ſauroit
apeller autrement , qu'un commencement de perſécution , qui s'étend toûjours avec rapidité , dès qu'on lui permet d'entamer ſeulement la Societé humaine.

A cela je repons, en ſoumettant pourtant mon ſentiment à celui d'autres eſprits plus éclairez , que cet exemple
même fait voir évidemment la neceſſité
d'une *Religion de nom* parmi nous. Les
grands Genies aiment à traiter cavalierement *les objets les plus élevez,* & ſi en
aboliſſant toute Religion on leur ôte
une Divinité , ſur laquelle ils puiſſent
exercer la force de leur eſprit , ils ſe
jetteront ſur les perſonnes de diſtinction , ils parleront mal du gouverne-
ront , & ils diront des ſotiſes du Miniſtere , ce qui ſera aſſeurément d'une
conſequence infiniment plus dangereuſe
que les traits qu'ils lancent à préſent
contre Dieu ; une Sentence de *Tibere*
H 7 eſt.

eſt formelle là-deſſus ; *Deorum offenſa Diis curæ.*

Pour ce qui régarde le fait particulier dont je viens de faire mention , on m'accordera facilement , qu'on ne ſauroit fonder une propoſition générale , ſur un ſeul exemple. On peut dire à la conſolation de tous ceux qui craignent une *pareille intolerance* , qu'il n'eſt pas poſſible d'en alleguer un autre ; ne ſait-on pas que des diſcours blaſphematoires ſont prononcez tous les jours avec toutes la liberté imaginable , dans les Cabarets , & dans tous les autres lieux, ou les honnêtes-gens ſe voïent.

J'avouë ingenument que de faire rouer pour *Blaſpheme* un Officier Anglois né libre , eſt un Acte de Deſpotiſme aſſez vif , pour en parler dans les termes les plus modeſtes , & qu'il eſt difficile de juſtifier le * *General* , qui s'en eſt rendu coupable ; peut-être craignoit-il , que ces ſortes de diſcours ne fuſſent propres à ſcandaliſer les Alliez , parmi leſquels c'eſt peut-être la mode de *croire en Dieu* ; c'eſt tout ce qu'on peut alleguer de plauſible en ſa faveur. Car ſe
fonder

* Le Duc de Marlboroug.

fonder ſur un principe que d'autres ont
admis , ſavoir qu'un Officier capable
d'inſulter la Divinité, pourroit bien un
jour aller aſſez loin , pour exciter une
mutinerie contre ſon *Chef*, c'eſt en verité ſe méprendre groſſierement ; le
Général d'une Armée Angloiſe cour-
roit riſque d'être fort mal obéï , ſi ſes
Soldats n'avoient pas plus de reſpect
pour lui, que pour la Divinité.

On objecte encore contre cette eſpéce de Chriſtianiſme dont il s'agit ici,
qu'elle oblige les hommes à croire des
choſes trop difficiles à comprendre pour
des eſprits forts, & pour tous ceux qui ont
ſecoué les préjugez , & qui s'atachent à
une éducation bourgeoiſe & ordinaire.
Mais il me ſemble qu'on devroit être
trop prudent, pour faire des objections
qui paroiſſent tendre à donner de foibles idées de la Sageſſe de la Nation ;
quoi ! n'eſt-il pas permis à chacun d'entre nous de croire tout ce qu'il veut,
& de rendre public ce qu'il croit quand
il le trouve à propos, ſurtout quand ſes
opinions ſervent à affermir le parti qui
a raiſon dans ce tems-là. Qu'on me
diſe de bonne foi , ſi un Etranger qui
liroit les fadaiſes , qui ont été écrites
de-

depuis peu par * *Afgil*, *Tindale*, *Toland*, & *Coward*, & par cinquante autres, croiroit-il, que l'Evangile eſt une
regle de notre foi confirmée par un Acte
du Parlement ? Où eſt l'homme dans
cette Ile, qui ſe fait un devoir de croire à l'Evangile, de dire qu'il y croit,
ou de ſouhaiter ſeulement qu'on diſe
qu'il y croit ? on peut s'en moquer ſans
en être plus mal reçû dans les bonnes
Compagnies, & ſans manquer par là
les emplois civils & militaires. Qu'importe qu'il y ait quelques vieilles loix
contre ces ſortes de gens ; elles ſont ſi
fort oubliées, qu'il ſeroit ridicule de
ſonger ſeulement à vouloir les mettre
en exécution.

On allegue encore contre le Chriſtianiſme que par une ſupputation fort mo-
deſte on trouve dans ces Roïaumes plus
de dix mille Curez, dont les revenus
joints à ceux de *Milords les Evêques*
pourroient ſervir à entretenir du moins
deux cens jeunes cavaliers gens d'eſprit
& de plaiſir, & ennemis jurés des *fourberies des Prêtres, de l'auſterité, des pré-
juges*,

---

* Auteurs qui ont écrit auſſi cavalierement,
que ridiculement ſur la Religion.

juges , *& de la Pédanterie* ; en un mot
gens à faire l'ornement de la Cour & de
la Ville : d'ailleurs, dit-on, un ſi grand
nombre de Théologiens maſſifs & bien
découplez feroit une recruë impaïa-
ble pour nos Flottes , & pour nos Armées.

J'ai trop de bonne foi , pour ne pas
convenir que cette difficulté merite notre attention , mais on peut y oppoſer
d'autres difficultez d'un poids tout auſſi
conſiderable. N'eſt-il pas aſſez néceſſaire par exemple que dans chacun de
ces territoires, qu'on apelle *Paroiſſes*,
il y ait du moins un ſeul homme , qui
ſache lire , & écrire ? de plus il me
ſemble *qu'on compte* , comme on dit, *ſans
ſon hôte* , quand on s'imagine que les
revenus des Egliſes de toute notre Ile
ſeroient ſuffiſans , pour entretenir , de
la maniere dont les honnêtes-gens vi-
vent dans nos jours, je ne dis pas deux
cens jolis Cavaliers , mais ſeulement la
moitié de ce nombre. N'eſt-ce pas
tomber dans la derniere des abſurditez
que de prétendre qu'il y auroit là *dequoi
les mettre à leur aiſe* , ſelon le ſens le
plus moderne de ces expreſſions ? Il y a
encore dans ce petit projèt-là , quelque
ai-

aimable qu'il paroiſſe à la prémiere vue,
un inconvenient caché, mais un inconvenient terrible ; n'imitons pas je vous
en prie l'extravagance de cette Femme,
aſſez imprudente pour couper la gorge
à la poule, qui lui pondoit tous les ma-
tins un œuf d'or. Etendons un peu nos
vuës juſqu'à l'avenir , & ſongeons à ce
que deviendroit les races futures. Quelle eſpece de Poſterité pouvons nous attendre de la mauvaiſe Conſtitution de
ces *gens d'eſprit & de plaiſir* , qui étant
venus à bout de leur vigueur , de leur
ſanté , & de leur bien , ſont forcez de
reparer leur fortune par quelque mariage déſagreable, & de produire des Enfans héritiers de *leurs belles manieres &
de leur pouriture*.

Au lieu de ces Meſſieurs-là , nous
avons à préſent dix mille hommes ré-
duits par les ſages reglemens de *Henry*
VIII. à un petit revenu qui les force à
conſerver leur ſanté par la diéte & par
la continence ; on leur feroit le plus
grand tort du monde , ſi on ne les reſ-
pectoit pas , comme le fond aſſuré &
comme la baſe la plus ſolide d'une Poſterité vigoureuſe ; il eſt certain que ſans
eux tout le Roïaume deviendroit dans
deux

deux générations d'ici un Hôpital univerſel.

On propoſe encore comme un avantage très-conſiderable de l'abolition du
Chriſtianiſme le gain clair d'un jour de
la ſemaine, dont la perte rend à préſent tout le païs moins conſiderable d'un
ſeptiéme, pour le Commerce, les affaires, & les plaiſirs ; on y ajoûte que
par la Religion, le public perd tant
d'édifices magnifiques qui ſont entre les
mains du Clergé, & dont on pourroit
faire des *ſales pour la Comedie, des Bour-*
ſes, des Halles, des maiſons de plaiſir, &
d'autres édifices publics.

On me le pardonnera bien, j'eſpere,
ſi je prends la liberté de traiter cet argument de chicane, dans les formes.
Je veux bien avoüer, qu'il y a eu au
tems jadis une coutume parmi nos con-
citoïens d'aller tous à l'Egliſe les Dimanches, & je crois que c'eſt pour en
conſerver la memoire qu'il y a encore
des gens qui ce jour-là ferment leurs
boutiques.

Mais quel obſtacle imaginable trou-
ve-t-on là-dedans pour les affaires, &
pour les plaiſirs ? Eſt-ce un ſi grand
malheur pour les gens qui ſavent vivre,
de

dé jouer dans leurs maisons un seul jour de la semaine; les Caffez, & les Cabarets ne sont-ils par ouverts les Dimanches, comme les autres jours ? y a-t-il un tems plus convenable pour prendre Medecine? Les Filles de joie sont-elles alors plus chiches de leurs faveurs que de coutume? n'est-ce pas un tems très-utile au Négocians pour ajuster les comptes de la semaine passée, & aux gens de Robbe pour préparer leurs *pié-ces* ?

Par raport aux Eglises je ne comprends pas comment on peut prétendre, que ce sont à présent des bâtimens dont le public ne tire pas le moindre usage. Ce sont les lieux du monde les plus propres pour les rendez-vous amoureux; les bancs qu'on y a placez vis-à-vis de la chaire sont les endroits de l'univers, où un habit magnifique paroit le plus à son avantage; & il n'y a point d'édifice dans tout le Roïaume, où l'on fasse de plus grandes affaires, & où l'on dorme mieux.

Un avantage infiniment plus considerable paroit devoir suivre de l'abolition du Christianisme ; c'est *l'extinction* generale de toutes nos factions enflammées

sur-

ſurtout , par les noms odieux & efficaces de *Haute & Baſſe Egliſe* , *de Whigs* , *& de Toris* , *d'Anglicans & de Presbyteriens*. Tous ces partis ſervent à préſent d'entraves à nos compatriotes ; ils bornent toutes leurs actions à chercher les avantages d'une telle faction , & l'abaiſſement de telle autre , ſans leur permettre de faire la moindre attention au bien public.

Si j'étois ſûr que *l'extirpation* du Chriſtianiſme calmât toutes ces animoſitez pernicieuſes ; je me rendrois d'abord , & je ne dirois plus un ſeul mot contre le projèt en queſtion ; mais peut-on dire , que ſi aujourd'hui un Acte du Parlement chaſſoit du langage les mots , *paillarder* , *s'enyvrer* , *fourber* , *mentir* , *voler* , nous nous leverions tous demain *ſages* , *temperans* , *juſtes* , *intègres* , *Amateurs de la verité* ? La conſequence eſt-elle bien exacte ? Quoi ! ſi les Medecins nous défendoient de prononcer les termes de *Goute* , de *Gravelle* , de *Rheumatiſme* , &c. cet expédient ſeroit-il un *Talisman* aſſez efficace pour détruire toutes ces maladies mêmes ? L'eſprit de parti & de faction , fait dans les cœurs des impreſ-

preſ-

preffions trop fortes pour être effacées,
fi facilement, par la fuppreffion de quelques termes empruntez de la Religion,
fi ces expreffions odieufes perdoient parmi nous le droit de Bourgeoifie, *l'envie*, *l'orgueil*, *l'ambition*, & *l'avarice*
font des Dictionaires affez complets,
pour nous en fournir d'autres ; en cas
de befoin *Heyduks*, *Mameluks*, *Manda-
rins*, *Bachas*, ou quelque autre terme
formé à tout hafard pourroient fervir à
diftinguer ceux qui font dans le Miniftere, d'avec ceux, qui voudroient
bien y être, s'ils pouvoient; qu'y a-t-il
de plus aifé que de changer quelques
Phrazes, & au lieu de parler de *l'Eglife*, de propofer comme un problême,
fi le Monument eft en danger ou non. Si
la Religion a été affez officieufe pour
offrir la prémiere à nos efprits factieux
quelques termes cauftiques, s'en fuit-il
que notre imagination n'eft pas affez riche pour nous dédommager de leurs
pertes ? Suppofons que les Toris fe dé-
claraffent pour la * *Signora Margarita*,
les Whigs, pour Mademoifelle *Tofts*,
&

---

* Actrices, & Acteurs de l'Opera de *Londres*.

& les *Moderez* pour *Valentini*; *Marga-
ritiens*, *Toftiens*, & *Valentiniens* ne fe-
roient-ce pas d'affez beaux *noms de parti?* La faction des *Prafini* & *des Veneti*,
la plus turbulante qui ait jamais troublé
l'Italie a tiré fon nom fi je m'en fouviens
bien, de quelques rubans de differente
couleur ; eft-ce que chez nous le *bleu*
& le *vert* ne peuvent pas rendre le même fervice , & partager auffi bien la
Cour, le Parlement, & tout le Roïaume, qu'aucune Dénomination emprun-
tée de l'Eglife ? Par confequent cette
objection contre le Chriftianifme, malgré cette apparence plaufible, dont elle
nous éblouit d'abord , eft dans le fond
peu de chofe, & l'avantage dont elle
nous flatte n'eft qu'une pure chimere.

Nos entrepreneurs foutiennent encore que c'eft une coutume d'une abfurdité très-ridicule , de louer & de païer
une troupe de gens pour brailler une
fois par femaine , contre les methodes
dont on fe fert le plus communement ,
pour fe procurer de la grandeur , de la
Richeffe, & du plaifir; cette objection
fait pitié, elle eft indigne en verité, des
lumiéres d'un fiecle auffi éclairé que le
notre. J'en apelle au gout rafiné de
tout

tout *Esprit fort*, & je lui demande,
si en cherchant à satisfaire quelque passion favorite, il n'a pas toûjours senti
un surcroit de plaisir merveilleux en
songeant, que ce qu'il faisoit étoit dé-
fendu ? Ce n'est uniquement que pour
cette raison, que * la Sagesse de nos
Legislateurs prend un soin si particulier
de faire porter aux Dames des étoffes
défenduës, & de faire boire à nos gour-
mets du vin, dont on ne permet pas
l'entrée. Il seroit à souhaiter même
qu'on augmentât ces sortes de défenses,
pour donner de la pointe aux plaisirs
des sujets, qui faute de pareils expe-
diens, commencent à tomber en langueur, & à devenir de plus en plus ac-
cessibles aux maladies de la Ratte.

On propose encore comme un avantage très-considerable, que si on bannit
une fois l'Evangile de nos Roïaumes,
elle envelopera dans sa ruïne toute Religion en général, avec tous ces préjugez pernicieux de l'éducation, qui sous
les noms de *Vertu*, de *Conscience*, d'*Honneur*, & de *Justice*, ne font que troubler

---

* En faisant des Edits contre les étoffes étran-
geres, & contre les vins de France.

bler le repos de l'homme , & que ce qu'on apelle *veritable raison & force d'esprit* est presque incapable de déraciner pendant tout le Cours de la vie.

J'observerai d'abord qu'il est plus difficile , qu'on ne pense , de défaire le langage d'une phraze dont le public s'est une fois entêté ; telle est cette expression qui est si fort en vogue ; *Préjugez de l'Education*. Il y a quelques années que quand on voïoit à quelqu'un un nez de mauvaise augure , on attribuoit cette deformité *aux Préjugez de l'Education*. C'est de cette même source , qu'on dérive, toutes nos idées ridicules de la *Justice*, de la *Pieté*, de *l'Amour de la Patrie*, de la *Divinité*, d'une *vie future*, d'un *Ciel* & d'un *Enfer*, *&c*. Il se peut bien qu'autrefois cette prétention n'étoit pas sans fondement ; mais on a depuis peu tellement changé la methode de l'éducation , on a eu si grand soin d'éloigner de l'Esprit de la jeunesse ces sortes de Préventions , que je dois avouer à l'honneur de notre âge, si poli & si éclairé , que les jeunes Cavaliers, qui font à présent sur la Scene, ne paroissent pas avoir la moindre teinture de ces petitesses d'esprit. Ces raci-

nes

nes de credulité , & de fuperftition ne
fe trouvent pas dans leurs cœurs, & par
confequent il n'eft pas néceffaire d'abolir le *Chriftianifme de nom*, pour les extirper.

Peut-être même pourroit-on nier,
qu'il foit utile de bannir de l'efprit du
vulgaire toute idée de Religion ; ce
n'eft pas que je fois du fentiment de ces
Réveurs , qui prétendent qu'elle n'eft
qu'une invention des Politiques pour tenir le petit Peuple en bride , par la
crainte de certaines puiffances invifibles.
Si leur fentiment eft fondé , les hommes d'alors doivent avoir été bien differens de nos Contemporains ; je fuis
perfuadé , que toute la maffe de notre
Peuple Anglois peut difputer aux perfonnes de la prémiere qualité le rang de
l'incredulité , & de l'Irreligion. Ce
qui me fait avancer le problême fufdit,
c'eft que je conçois que quelques notions vagues d'un être fuprême peuvent
fournir des moïens excellens pour apai-
fer les Enfans qui font les mutins , &
des lieux *communs admirables*, pour nous
amufer pendant les ennuieufes foirées de
l'Hyver.

Le dernier avantage , qu'on prétend
tirer

tirer de l'abolition du Chriſtianiſme, c'eſt qu'elle contribuera beaucoup à reünir toutes les differentes parties du Corps *Proteſtant*, en faiſant main baſſe ſur tous les Syſtêmes de Théologie, & ſur toutes les confeſſions de Foi; par là, dit-on, on donnera l'entrée à tous les *Nonconformiſtes* qu'on éloigne à preſent pour l'amour d'un petit nombre de Ceremonies, qui paſſent pour indifferentes parmi les gens ſenſez de tous les partis; c'eſt le ſeul moïen de venir à bout de cette *Union* ſi impratiquable juſqu'à préſent, & tout le monde pourra entrer ſans peine par la large porte qui leur ſera ouverte de tous cotez; à préſent en marchandant & en chicanant avec les *Nonconformiſtes*, ſur un petit nombre de formalitez, on entr'ouvre ſeulement un petit nombre de Guichets, où l'on ne ſauroit entrer qu'un à un, non ſans faire de violens efforts, & ſans courir riſque d'étouffer.

Je réponds à cette objection ſpecieuſe, qu'il y a dans le cœur humain une paſſion favorite, qui prétend avoir des liaiſons étroites avec la Religion, quoique celle-ci ne ſoit ni ſa Mere, ni ſa

Ma-

Maraine, ni sa bonne amie; c'est l'Esprit de contradiction, qui a été au monde long-tems avant le Christianisme, & qui peut aisement subsister sans lui. Examinons, par exemple, surquoi s'exerce l'esprit de contradiction parmi les *Sectaires* de notre Ile; nous verrons que le Christianisme n'y influe en aucune maniere; l'Evangile nous prêche-t-il un air morne, une démarche roide, un habilement particulier, un langage different de celui des gens raisonnables? Non, il prête seulement son nom à ces sortes de fadaises, & s'il n'en étoit pas le prétexte; la source, dont elles se rependent, se jetteroit sur les loix du Roïaume, & troubleroit la paix publique. Il y a une doze d'Enthousiasme assigné à chaque Nation, & si on ne lui fournit pas des objets convenables, elle est capable d'éclater, & de mettre tout en feu. Si l'on peut acheter le repos d'un Etat, en l'amusant par quelques Cérémonies, & par quelque formalitez dans le culte, il me semble qu'il est d'un homme sage, de ne le pas négliger. Que les Mâtins se divertissent, & s'exercent sur une peau de mouton remplie

de

de foin , pourvû qu'on les détourne de se jetter sur le troupeau !

L'intention des Couvents , qu'on trouve en si grand nombre dans d'autres païs, n'est pas si destituée de Sagesse, comme on pourroit bien le croire; il y a fort peu de passions irregulieres , & de penchans fougueux, qui ne puissent trouver le moïen d'avoir leurs coudées franches , & d'éclater librement dans quelque ordre Religieux. Tous les Cloître font autant d'Asyles de *Réveurs,* de *Mélancoliques* , d'*Orgueilleux* , de *Grondeurs de profession*, & de *gens à complot.* Ils font les Maîtres d'y évaporer les *particules*, qui seroient si pernicieuses dans des membres ordinaires de la Societé ; au lieu que dans notre Ile, nous sommes obligez d'assigner à chacune de ces *humeurs peccantes & dangereuses* une Secte à part, pour les empêcher de se jetter sur l'Etat; si jamais on abolit le Christianisme, il faudra de necessité ; que les Legislateurs trouvent quelque autre moïen pour en détourner le cours. Qu'importe de quelle largeur soit une porte qué vous ouvrez, si vous étes sûr qu'il y aura un grand nombre de gens , qui se feront un honneur &

un

un merite de n'y pas entrer, à quelque prix que ce foit.

A'iant de cette maniere confideré les objeçtions les plus fortes qu'on peut faire contre le *Chriftianifme en queftion*, & les principaux avantages qu'on fe promèt du projèt de l'abolir, je vais à préfent, avec la même foumiffion pour des gens plus habiles que moi, expofer au jugement du public, un petit nombre d'inconveniens, que cette *abolition* pourroit bien traîner après elle, & auxquels il femble que les Entrepreneurs n'ont pas fait affez d'atention.

Je fuis perfuadé que nos *gens d'Efprit*, & *de Plaifir*, nos *jolis gens*, font fort fujèts à murmurer, dès que leur vuë eft choquée par quelque Ecclefiaftique crotté. Mais ils ne confidérent pas ces fages Réformateurs, quel avantage, quelle felicité c'eft pour de grands efprits d'être toujours fuffifamment pourvus d'objets de mépris, & de raillerie; rien n'eft plus propre à exercer, & à augmenter leurs Talens, & à détourner leur bile de leurs Compagnons & d'eux-mêmes. Tant qu'il y aura des gens d'Eglife, ils auront dequoi turlupiner, & dequoi invectiver, &, ce qui n'eft pas

un

un avantage mépriſable , d'invectiver
ſans expoſer leur vie au moindre péril.

Voici encore un argument tiré de la
même ſource ; ſi le Chriſtianiſme étoit
un jour aboli, comment les Eſprits forts,
les *profonds raiſonneurs* trouveroient-ils
un autre ſujèt ſi exactement proportion-
né à leur tour d'eſprit , & ſi capable
d'en étaler toute la force , & toute la
beauté ? De quelles merveilleuſes productions d'eſprit ne ſerions nous pas privez ? Sans pouvoir nous atendre à quelque Ouvrage équivalent de la part de
ces génies, qui s'étant uniquement exercez ſur la maniére de tourner la Religion en ridicule , ſe ſont mis hors d'é-
tat de briller ſur tout autre ſujèt. Nous
nous plaignons tous les jours de la décadence du Bel-Eſprit , & voudrions-
nous en retrancher la branche la plus
fleuriſſante , & la plus féconde ? Au-
roit-on jamais ſoupçonné que * *Aſgil*
fût un beau Génie , & *Toland* un Philoſophe , ſi la Religion , ce ſujèt in-
épuiſable , ne les avoit pourvus abon-

I 4   dam-

* Petits Eſprits qui ont brillé en écrivant contre la Religion.

damment de Syllogiſmes , & de traits
d'eſprit ?

Quel autre ſujèt renfermé dans les
bornes de la Nature, & de l'Art , auroit été capable de procurer à *Tyndal* le
nom d'Auteur profond , & de le faire
lire ? Il n'y a que le choix de la matiere, qui fait qu'un Auteur ſe diſtingue,
& ſe ſignale dans le monde ſavant. Car
ſi cent plumes de cette force avoient
été employées pour la défenſe du Chriſtianiſme , elles auroient été d'abord livrées à un oubli éternel.

Ce qu'il y a de bien plus important
encore, c'eſt que je crains bien que l'a-
boliſſement du Chriſtianiſme pouroit
mettre l'Egliſe en danger. Je voudrois
me tromper là-deſſus, mais je crois fermement que mes apprehenſions ne ſoient
trop bien fondées ; je ſuis bien ſur
que dans la ſituation preſente de nos
affaires, *l'Egliſe n'eſt pas en danger*, mais
je prévoi qu'elle le ſera dès qu'on aura banni le Chriſtianiſme de notre Ile,
& que ſait-on ſi ce n'eſt pas là un deſſein
pernicieux , que nos *Entrepreneurs* cachent ſous les fleurs de leur beau projèt.

Il eſt déja d'une notorieté publique, que
les

les *Athées*, les *Deistes*, les *Sociniens*, les *Antitrinitaires* & d'autres Sectes subdivisées *d'Esprits forts*, sont des gens très-peu zelez pour l'Eglise établie ; ils se déclarent ouvertement contre le * *Test*, ils se soucient très-peu de nos *Cérémonies*, & ils avouent franchement, qu'ils ne croïent pas *le droit divin de l'Episcopat* ; ils peuvent par consequent être soupçonnez, sans trop d'injustice, d'en vouloir à la Constitution établie de l'Eglise Anglicane, & d'être capable de mettre le Presbyterianisme à sa place ; je laisse à juger à ceux, qui sont à la tête des affaires si un changement pareil ne pourroit pas influer sur la forme même de notre Gouvernement.

Voici encore une considération tout aussi importante, il n'est que trop apparent, qu'en donnant dans le projèt, dont il s'agit, nous nous jetterons à corps perdu précisement dans le même inconvenient, qu'on a principalement en vuë d'éviter, & que l'extirpation de

I 5

la

---

* C'est un Serment établi par Acte de Parlement, par lequel on renonce à la suprematie du Pape & au Dogme de la Transubstantiation.

la *Religion Chrêtienne* , nous menera tout droit au *Papifme*.

Nous favons que c'eft une pratique conftante des *Jefuites*, de nous détacher des émiffaires , avec ordre de joüer le rôle de membres de chacune de nos Sectes; des Peres de cette pieufe Société ont paru fouvent au milieu de nous, comme *Presbyteriens* , *Anabatiftes* , *Quakres* , & *Indépendans* , felon que chacune de ces Sectes étoit le plus en vogue. Il eft certain même , que depuis que la Religion a commencé à être décreditée dans notre Ile , il y a eu un bon nombre de *Miffionaires Papiftes*, qui s'eft mêlé parmi nos Efprits forts. Par exemple *Toland*, ce fameux oracle des *Antichrêtiens* , eft un Prêtre Irlandois, Fils d'un Prêtre Irlandois ; & le favant Auteur du livre intitulé *les Droits de l'Eglife Chrêtienne* , qui eft du même caractere que les beaux Ouvrages du grand *Toland*, s'eft reconcilié fous main avec l'Eglife Romaine , & continue toujours à en être le *tendre Fils*. Je pourrois en ajoûter d'autres , mais la chofe eft hors de contefte; auffi le motif de leur conduite eft parfaitement bien raifonné ; ils font perfuadez que fi

ja-

jamais le Chriſtianiſme eſt aboli parmi nous, le Peuple ne manquera pas de ſe ménager quelque autre culte, ce qui ne peut que le jetter dans la *ſuperſtition*, & de là dans le *Papiſme*.

J'en conclus, que ſi malgré tout ce que je viens d'alleguer, on s'obſtine à propoſer un *Bil* touchant l'aboliſſement du Chriſtianiſme, il ſera bon d'y faire une legere correction, & de mettre le mot de *Religion*, au lieu de celui de *Chriſtianiſme*, ce qui ſatisfera beaucoup mieux aux veritables vues des *Entrepreneurs*. Tant que nous ſoufrirons dans la nature un Dieu & une Providence, avec toutes les conſequences que pouront tirer de là certains raiſonneurs curieux, nous ne toucherons point à la racine du mal, quelques meſures que nous prenions contre le Chriſtianiſme, tel qu'il eſt établi parmi nous. A quoi ſert la *liberté de la penſée*, ſi elle ne produit point la *liberté de l'action* qui en eſt l'unique but, quoi qu'elle ſemble n'avoir rien à démêler avec les objections qu'on fait contre la Religion Chrêtienne, & cette *liberté de l'action* ne ſauroit jamais être complette, tant qu'il reſtera parmi les hommes la moindre

idée

idée d'un Legiflateur Souverain ; auffi
les *Efprits forts* en veulent-ils réellement à la Religion en général ; ils la
confidérent commé un *Edifice*, dont toutes les parties font fi fort dépendentes
les unes des autres , qu'il ne peut que
crouler fur fes fondemens , dès qu'on
en arache le moindre clou.

Leur penfée là-deffus a été très-heu-
reufement exprimée , par un homme,
qui entendant énerver un paffage fur
lequel on prétendoit fonder la *Trinité*,
conclut par une longue fuite de Syllo-
gifmes, *que fi ce paffage ne prouvoit rien,
il étoit permis de donner dans le crime &
dans la débauche fans fe mettre en peine des
invectives des Prédicateurs.*

Il n'eft pas néceffaire d'alleguer plufieurs autres preuves pour faire voir évidemment , que l'intention des Efprits
forts n'eft pas d'ataquer quelque Article de la Foi Chrêtienne , qui leur paroit de dure digeftion, mais de renverfer toute la Religion , qui refferant les
actions humaines dans certaines bornes,
peut-être confiderée comme l'ennemie
de la liberté de penfer, & d'agir.

Si néanmoins on fonge à faire paffer
ce *Bil* fans y rien changer, & qu'on en
at-

attende de ſi grands avantages pour l'E-
tat & pour l'Egliſe, je ſerois du moins
d'avis de le differer juſqu'à la Paix, afin
de ne nous point brouiller avec tous nos
Alliez, qui par malheur ſont tous
Chrétiens, & parmi leſquels ils s'en
trouve, que les préjugez de l'éducation rendent aſſez bigots, pour ſe faire
une gloire de porter ce nom. Ceux
qui pouroient s'imaginer qu'une alliance avec le *Turc* ſeroit propre à nous dédommager de la perte de nos confédé-
rez, ſe trompent groſſierement. Non
ſeulement cette Nation eſt trop éloi-
gnée de nous, & preſque continuellement en Guerre avec le Roi de *Perſe*,
mais elle ſeroit encore plus ſcandaliſée
de notre *force d'Eſprit* que nos voiſins
& nos Alliez eux-mêmes. Non ſeulement ces infidelles reconnoiſſent un culte Religieux, mais qui pis eſt, ils
croïent en Dieu, ce qui eſt fort au delà
de tout ce qu'on exige de nous, même
dans le tems que nous portons encore le
titre de Chrêtiens.

Je finirai par la remarque que voici;
quelques avantages que ce projèt magnifique promette à notre Commerce,
je ſuis ſur que ſix mois après que l'Aĉte

pour l'extirpation du Chriftianifme fera
paffé, les Actions de la Banque , & des
Indes Orientales tomberont du moins
d'un pour cent ; & puifque la Sageffe
de la Nation n'a jamais été d'humeur
à hazarder la cinquantiéme partie d'une
pareille perte pour la confervation du
Chriftianifme, je ne vois pas pourquoi
elle voudroit nous expofer à cette
perte entiere, fimplement pour avoir le
plaifir de le détruire.

PRO=

PROJET

Pour l'avancement de la Religion,
& pour la Réformation des

MOEURS.

Adreffé à Madame la Comteffe
de Berkeley.

L'an 1709.

MADAME,

EN plaçant le nom de Votre Grandeur devant ce difcours. Je n'ai pas l'intention de vous prier de le protéger. Je croirois cette priere fort déraifonnable, puifque vous ne fauriez recommander, fans être foupçonnée de quelque partialité, un Ouvrage, qu'on vous dedie, quoique ce foit fans votre aveu, & qu'il
vien-

vienne d'une perſonne qui ne ſe nomme
pas. Mon deſſein veritable eſt celui-là
même que j'ai ſi ſouvent cenſuré dans
d'autres Préfaces , & j'ai reſolu de faire
votre éloge. Je ne m'arrêterai pas à Votre Naiſſance, il y a d'autres perſonnes
auſſi Nobles que Vous ; ni à la grandeur de votre fortune , il y en a qui
ſont bien plus riches encore ; ni a cette
charmante famille, image parfaite de ceux
à qui elle doit ſa naiſſance ; peut-être
que d'autres ſiécles , & d'autres païs en
ont produites de ſemblables : d'ailleurs
aucun de ces avantages ne donnent une
perfection réelle à ceux , qui les poſſe-
dent, ils ne font que donner plus d'éclat
au merite réel. Ce que je veux louer
en vous , Madame , c'eſt la pieté , la
candeur , le bon-ſens, l'heureux naturel , l'affabilité & la charité ; je voudrois , que par raport à toutes ces excellentes qualitez, il y eut beaucoup de
perſonnes qui vous égalaſſent , & qui
vous ſurpaſſaſſent même ; peut-être
qu'en ce cas Votre Grandeur échaperoit
à l'importunité de cette Epitre. Mais
puiſque ces vœux ſont aſſez inutiles , je
crois qu'il eſt avantageux pour la vertu,
& pour la Religion , que tout le Roïaume

me connoiffe votre Caractere , & qu'il
fache que la politeffe la plus aifée , join-
te à la pieté la plus folide , brille en
votre Grandeur , d'un éclat auffi naturel, que celui qu'on admire le plus dans
chacune de ces qualitez feparées , qu'on
remarque dans le caractere d'autres perfonnes. Malgré les traverfes de la fortune , Votre prudence a confervé la
fplendeur de l'illuftre maifon , dans laquelle vous étes entrée , qui avoit été
fi fort éclipfée par la prodigualité exceffive de plufieurs générations. Vous
vous acquittez avec toute l'exactitude
poffible des devoirs differens que la providence vous impofe ; témoin l'Education de Vos deux incomparables filles ,
dont la conduite eft fi généralement admirée , témoin ce ménagement judicieux fi convenable à une époufe cir-
confpecte, complaifante, & tendre ; &
ces foins exacts qui s'étendent jufque
fur le moindre de vos Domeftiques ; témoin enfin cette bonté & cette charité
pour les pauvres , dirigée par la raifon
la plus fure.

Il eft utile au public, dis-je , d'être
informé de ces grandes qualitez , qui
entrent dans le caractere de Votre Grandeur ;

deur ; il lui feroit utile encore de le con-
noitre entierement ; mais par malheur
il ne voudroit pas ajouter foi à celui ,
qui fe hazarderoit à l'en inftruire , & il
le traiteroit fans doute d'Adulateur.

Pour éviter un reproche fi odieux je
declare que ceci n'eft pas une Dédicace
mais uniquement un introduction à un
petit difcours , qui traitte de l'avancement de la *Religion* , *& de la Morale* ;
rien n'eft plus naturel que d'entamer
cette matiere par quelques traits du
caractere d'une Dame , dont la conduite à le même but , que ma Differtation.
Je remarque avec une grande mortification que parmi tous les plans qu'on a
propofé au public dans cet Age fi fécond en projèts , il n'y en a pas un feul,
qui concerne l'avancement de la Religion , & de la Vertu , quoique fans
parler ici des confequences avantageufes
d'un tel Projèt pour la vie à venir , ce
foit le moïen le plus naturel & le plus
facile d'avancer le bonheur de tout l'E-
tat , & la felicité temporelle , de chaque particulier. Il eft bien vrai que la
foi & les bonnes mœurs font prodigieu-
fement alterées parmi nous , & néanmoins je croi que fans beaucoup de peine,

ne, on pourroit les mettre bientôt dans
le plus haut degré de perfection, où
elles peuvent atteindre dans l'esprit &
dans le cœur de tout un Peuple. La
methode m'en paroit si aisée, que pour
la mettre heureusement en pratique il
suffit, à mon avis, d'en donner une
idée, à ceux qui y sont le plus interes-
sez, par *l'honneur*, *par le Devoir*, *&*
par l'Amour propre.

Comme il seroit absurde de proposer
des Remedes avant que d'être asseuré
qu'il y a des maladies, qui les deman-
dent, & de s'effraïer, sans être convaincu de quelque danger, je commen-
cerai par faire voir en general, que la
Nation est extraordinairement corrom-
puë tant par raport à la Religion, que
par raport aux Mœurs ; ensuite je tra-
cerai d'une maniere aussi abregée, qu'il
me sera possible, un plan de reforme à
ces deux égards.

Je sais bien que les plaintes des Théologiens sur la corruption du siecle, ne
passent que pour des Phrases favorites,
destituées de sens, mais je ne suis nul-
lement de cette opinion, & je croi fort
qu'en comparant sans partialité les vices
de nos compatriottes d'à présent, avec
ceux

ceux d'autres siécles , & d'autres Nations , on ne sauroit que trouver ces
plaintes très-fondées.

Je n'alleguerai ici que des faits denuez
de toute exaggeration , & de tous traits
de Satyre ; & je croi que tout le monde m'accordera sans peine ce que je vais
avancer. Il est d'abord certain , que
parmi nos Nobles , & nos gens aisez ,
il y en a à peine un seul entre cent, qui
paroit reconnoître la Religion pour le
Principe de sa conduite , & que la plus
grande partie, en est tout prête à avouër
naturellement dans les conversations ordinaires, son Irreligion , & son incredulité.

Il en est de même à peu près à l'é-
gard du petit Peuple ; surtout dans nos
grandes Villes , où la profanation , &
l'ignorance des artisans, des marchands
du plus bas ordre , & des Domestiques,
sont montées aux plus haut degré qu'on
puisse s'imaginer.

On remarque encore dans les païs
étrangers qu'il n'y a pas dans tout l'u-
nivers une race de créatures raisonnables , qui paroissent aussi peu susceptibles de sentimens Religieux , que nos
Soldats Anglois ; & j'ai entendu asseu-

rer

rer à des Officiers de diſtinction , que parmi tous ceux de notre Armée, qu'ils avoient frequentez, ils n'en avoient pas connu trois, qui par leurs diſcours , & par leur conduite paruſſent croire un ſeul mot de l'Evangile. On peut hardiment avancer la même choſe par raport à nos forces Navales.

Les actions de ces incredules ne repondent que trop juſte à leurs ſentimens. On ne ſait plus ce que c'eſt que d'affecter du moins la Sageſſe , & de pallier les vices. On les expoſe hardiment aux yeux de tout le monde , comme les choſes les plus indifferentes de la vie humaine, ſans le moindre remord de conſcience, & ſans craindre de s'attirer par là une mauvaiſe reputation. Tout homme vous dira , *qu'il a été ivre le jour précedent , ou qu'il va s'enivrer dans le moment même* , d'un air auſſi Cavalier que s'il vous diſoit qu'il va faire un tour de promenade. Il vous racontera qu'il s'en va dans un lieu infame , ou *qu'il en eſt revenu en fort mauvais état* , avec la même indifference dont il vous débiteroit une nouvelle ; vous l'entendrez jurer, renier, profaner, blaſphemer, ſans être animé par la moindre paſſion.

Il

Il eſt vrai que le Beau-Sexe eſt un peu plus reſervé, & qu'il ne renonce pas abſolument aux ſoins qu'on doit avoir naturellement de la réputation ; néanmoins ces ſoins n'inquietent pas beaucoup nos Dames, & elles ne paroiſſent pas trop convaincuës, que la vertu & la Sageſſe ſoient des moïens neceſſaires pour gagner l'eſtime du public. Elles n'ont pas grand tort, puiſque l'on voit des Femmes Galantes auſſi bien reçûës par tout, que celles qui ſe diſtinguent par la Sageſſe la plus auſtere, & qui ne ſont pas aſſez delicates cependant pour ne pas honorer les autres de leurs viſites ; cette maniere d'agir n'eſt à la mode parmi nous, que depuis peu d'années, mais elle eſt d'une très-dangereuſe conſequence ; elle ſemble établir une eſpéce d'accommodement & de Capitulation entre le vice, & la vertu, & permettre aux femmes d'être vicieuſes juſqu'à un certain point, pourvu qu'elles ne ſoient pas abſolument proſtituées. On diroit qu'il y a un certain point fixe ou la galanterie finit, & ou l'Infamie commence, & que cinquantes intrigues criminelles ſont impardonnables

bles dans une femme , mais qu'on peut
bien lui en paſſer une douzaine.

Sans m'étendre d'avantage ſur ces ſortes de vices , qui s'arachent effrontement le maſque à eux-mêmes , je prie
le Lecteur de jetter ſeulement en paſſant
la vuë ſur les irregularitez & ſur les excès qui ſortent du jeu comme d'un gou-
fre , & qui ſe repandent ſur les femmes
auſſi bien que ſur les hommes. Parmi
les derniers , il eſt fécond en fourberies, querelles , juremens , & blaſphe-
mes ; parmi les autres il produit la négligence des affaires du menage , une
liberté ſans bornes , des paſſions inde-
centes , & fort ſouvent la débauche ,
quand la perſonne même eſt reduite à la
neceſſité de ſuppléer aux défauts de la
bourſe. Le jeu à cet égard peut-être
mis en parallele avec la juſtice qui a
pour maxime ; *quod non habet in crumena
luat in corpore.*

Mais ce ne ſont-là que des bagatelles
en comparaiſon d'autres Crimes , qui
ſont devenus familiers à nôtre Natïon.
Jettons les yeux ſur les fraudes , & ſur
les fourberies des Marchands. Sur la
Juſtice, cet abime d'injuſtices & d'ex-
torſions. Sur le traficq ouvert, qu'on
fait

fait des Employs, Civils, & Militaires
qui pourroit bien s'étendre en peu de
tems aux Dignitez Ecclefiaftiques ; fur
l'infame maniere dont on exerce toutes
les Charges ; fur les abus déteftables,
qui fe font gliffez dans l'Election de
ceux qui doivent reprefenter tout le
Corps du Peuple, & fur les factions
& les brigues, qui femblent être l'unique objet de l'attention de ces *Députez.*
J'ofe y ajouter l'Ignorance de quelques
membres du bas Clergé, la baffeffe,
& le cœur fervil de quelques autres,
& la conduite brufque & brouillonne
de quelques jeunes Ecclefiaftiques tout
enflez d'un fot orgueil. Je laiffe là d'autres particularitez trop odieufes, qui in-
fluent extrêmement fur les irregularitez
des Laïcs, & qui ont attiré, quoique
à tort, les mépris du public fur tout
l'ordre.

Voilà une efpece de *Sommaire* des
Vices qui fe font generalement répendus parmi nous, & je n'aurois jamais
fait fi je voulois entrer dans le détail.
Néanmoins quelques profondes racines,
qu'ils paroiffent avoir jettées dans les
ames de nos Compatriottes, je fuis le
plus trompé des hommes, fi l'on ne
pour-

pourroit pas y aporter des remedes efficaces; le Projèt que j'ai formé là-deſſus
n'eſt pas vague, ou uniquement propre
pour la ſpéculation ; mais je le crois
fort aiſé dans la pratique.

Tant que le droit de diſpoſer de tous
les Emplois reſte ataché à la Couronne, il eſt au pouvoir du Souverain de
rendre la Vertu & la Pieté à la mode,
en les faiſant conſidérer comme des Qualitez neceſſaires pour la faveur, & pour
l'avancement.

Il eſt évident par une expérience que
nous faiſons dans nos jours que le ſeul
exemple du meilleur des Souverains
n'influë pas d'une maniere fort efficace
ſur les mœurs des ſujets, dans un ſiécle
extraordinairement corrompu. A-t-on
jamais vu le Trone ocupé par une perſonne plus excellente, que notre *Reine*
d'à-préſent; je ne m'étendrai pas ici,
ſur ſon talent pour le Gouvernement
des Peuples, ſur ſa tendreſſe pour ſes
Sujets, en un mot ſur toutes ſes Vertus purement Roïales. Je ne parle que
de ſa Pieté, de ſa Charité, de ſa Temperance, de ſon atachement pour ſon
Auguſte Epoux, en un mot de toutes
ces vertus qui relèvent le caractere d'un

Tome II. K par-

particulier , & dans lesquelles on peut
dire sans flaterie , que personne ne la
surpasse ; cependant on peut avancer
sans se faire soupçonner d'un tour d'esprit malin , & satirique , que notre
corruption n'est pas beaucoup diminuée
depuis son avenement à la Couronne ,
& qu'il n'y arrivera aucun changement
avantageux , si elle ne se sert pas de
mesures plus efficaces que son exemple.

Une preuve certaine de la perversité
de la nature humaine , c'est que le seul
exemple d'un Prince vicieux , entraine-
ra en peu de tems la masse generale de
ses sujets, & que la conduite exemplaire
d'un Monarque vertueux n'est pas capable de les reformer , si elle n'est pas
soutenuë d'autres expédiens. Il faut
donc que le Souverain , en exerçant
avec vigueur l'Autorité , que les Loix
lui donnent fasse en sorte , qu'il soit de
l'interêt, & de l'honneur de chacun de
s'atacher à la Vertu & à la Pieté , &
que l'infamie & la disgrace suive toujours
le Vice , & prive les vicieux de toute
esperance d'avancement. Pour établir
ces utiles maximes avec succès , il devroit commencer par les introduire dans
son Domestique & dans sa Cour. Ne
                                    pour-

pourroit-on pas, par exemple, obliger les Domeſtiques & les Officiers ſubalternes de Sa Majeſté, d'aſſiſter une fois par ſemaine au ſervice divin, avec des manieres décentes, de communier quatre fois par An, d'éviter les imprécations, & les diſcours profanes, & de ſe conduire du moins en aparence, avec ſobrieté, & avec Sageſſe, ne pourroit-on pas les aſſujettir à ces devoirs, en puniſſant les Transgreſſeurs par la ſuſpenſion, ou par la perte de leurs Emplois. Et en établiſſant des Officiers honnêtes gens, pour prendre garde de près à leurs actions.

Pour les perſonnes d'un rang plus élevé, qui exerçent les Emplois Domeſtiques de la Cour, & qui aprochent Sa Majeſté même, ne peuvent-ils pas recevoir de pareils commandemens de ſa propre bouche, & ne recevoir des marques de ſa bonté, qu'à proportion qu'ils lui obéïſſent exactement à cet égard. Elle pourroit d'ailleurs ordonner aux Evêques, & à d'autres perſonnes d'une Pieté reconnuë, d'être attentifs à la conduite de ſes Officiers, & de l'avertir de leur libertinage, tant à

K 2   l'égard

l'égard des fentimens, que par raport aux actions.

De plus ceux qui entreroient dans les charges Domeftiques de la Reine, pourroient être obligez de faire un ferment parallele à celui dont on impofe la neceffité aux perfonnes qu'on honore de quelque emploi Eccléfiaftique, & par lequel on défend l'Eglife contre la Simonie. Si l'on obfervoit de pareils reglemens, il eft évident que la Religion, & les bonnes mœurs deviendroient des Vertus à la mode, & qu'elles paffroient pour l'unique moïen de parvenir aux Emplois & de les conferver, ce qui ne manqueroit pas de faire de falutaires impreffions fur la nobleffe, & fur toutes les perfonnes de famille.

Si on mettoit en ufage la même methode, avec toute la ponctualité poffible, à l'égard de ceux qu'on honore des grandes charges de l'Etat, il eft évident qu'avec le tems elle introduiroit dans la Nation une réforme entiere, & generale. Dès que la Pieté & la Vertu feroient une fois eftimées des qualitez neceffaires pour l'avancement, ceux qui par des moïens fi grands & fi nobles feroient parvenus aux premieres

Di-

Dignitez , ne manqueroient pas d'imiter l'exemple de la Reine , dans la dif-
tribution des Emplois fubalternes , qui
feroient à leur difpofition , fur tout fi
la moindre faveur , ou la moindre partialité , pour des fujets indignes , paf-
foit pour un manque de devoirs, propre
à attirer au coupable la Difgrace de la
Cour.

Il y a un fi grand nombre de petits
Emplois répendus par tout le Roïaume , que fi tous ceux , qui les exerçent, menoient une vie exemplaire ,
tout prendroit bientôt une face nouvelle parmi nous , & la Religion y feroit
en peu d'années dans l'état le plus fleu-
riffant.

Il ne faut pas s'imaginer que les Revenus de l'Etat foufriroient d'une pareille reforme, puifque de dix Emplois,
qui font mal exercez , il y en a du
moins neuf , dont il faut attribuer la
mauvaife adminiftration , à un manque
de probité , plûtôt qu'à un défaut de
lumieres. Pour moi je ne connois point
de charge , de laquelle la Pieté puiffe
rendre un homme incapable ; & quand
cela feroit, ce n'eft pas la faifon de faire
contre mon projèt une objection de

cette

cette nature ; à préfent , qu'en difpo-
fant des charges on ne fe donne pas la peine de fonger feulement aux qualitez ,
qui rendent une perfonne propre à s'en
acquiter comme il faut.

Je me fuis imaginé fort fouvent ,
qu'une Dignité femblable à celle de la
Cenfure chez les *Romains* , pourroit être
introduite chez nous avec fuccès , &
renfermée dans les bornes néceffaires ,
pour l'empêcher de tomber dans des
excès pernicieux. Les Romains con-
noiffoient auffi bien que nous les avantages de la liberté , & les moïens néceffaires pour la maintenir ; ils en étoient
auffi jaloux que nous , & dans toutes
les occafions ils s'en montroient auffi
hardis defenfeurs. Cependant je ne me
fouviens pas d'avoir vu dans leurs Hif-
toires, de grandes plaintes , fur les inconveniens atachez à cette Dignité ;
elles nous ont informé au contraire de
mille effets extraordinairement utiles de
cette charge falutaire.

Il s'eft répandu dans notre Nation
un grand nombre de vices, qui ne font
que trop connus de tout le monde ,
quoi qu'ils échapent à la rigueur de toutes nos Loix. Tels font *l'Atheïfme* ,
l'I-

l'*Ivrognerie* , la *Fraude* , l'*Avarice* &
plufieurs autres de la même nature ,
qui pourroient être de la compétance
de cette nouvelle Dignité. Suppofons ,
par exemple, qu'on établît des *Commiffaires* pour aller dans tous les Cantons
du Roïaume s'informer de la conduite ,
pour le moins , de ceux qui font dans
les emplois , & s'éclaircir de leurs
mœurs, comme de leur capacité.

Ces perfonnes feroient obligées de
recevoir toutes les informations, & toutes les plaintes, qu'on leur préfenteroit,
& d'en faire leur raport, fous ferment,
à la Cour, ou bien au Miniftére , afin
de leur fournir des moïens de couper la
racine à ces fortes de maux, par une dif-
tribution équitable de peines , & de
récompenfes.

Je n'entre point là-deffus dans un plus
grand détail de mon Syftême , qui
venant d'un fimple particulier pourroit
être fujet à plufieurs inconveniens, mais
dont l'idée recevroit aifement fa forme
néceffaire de la Sageffe de ceux , qui
font à la tête des affaires. Ce que j'ofe
affeurer avec confiance , c'eft que fix
mille livres fterling ne feroient pas mal
emploïez , à l'entretien de *fix Commif-*

K 4 *faires*

faires duëment qualifiez pour cet Emploi , & qui feroient obligez d'aller deux à deux faire toutes les années le tour du Roïaume , dans le deffein que je viens d'indiquer.

Mais ce dernier Article ne touche pas directement l'intention que j'ai de faire voir , que fans le moindre effort de côté du pouvoir Legiflatif , la Reine feule eft la Maitreffe de réformer fes fujets; ce qu'Elle eft obligée de faire en confcience , en y emploïant fon Autorité auffi bien que fa conduite exemplaire.

On m'acordera , je crois, fans peine que l'exemple de cette grande Ville influë extrêmement fur tout le Roïaume, & que cette Ville eft également dominée par les influences de la Cour , du Miniftere , & de tous ceux qui en dépendent par leurs charges, ou par leurs Efperances. Or fi fous une auffi excellente Princeffe que la notre , nous voïons tous les Officiers de la Cour reglez dans leur conduite, & un Miniftre qui fe diftinguât par la pieté ; fi nous voïons toutes les charges de l'Etat & de là Robbe remplies de perfonnes du même caractere , foigneufes à ne placer

dans

dans les emplois fubalternes , que des
gens de mérite , & obligées de faire de
femblables chofes , & par l'exemple de
notre Souveraine , & par la crainte de
perdre leurs Dignitez , ne m'avouera-
t-on pas que l'Empire du Vice , & de
l'Irreligion feroit bientôt détruits dans
notre Capitale , & qu'il chancelleroit
en peu de tems dans tout le Roïaume ,
qui a avec elle de fi grandes liaifons ,
& qui affecte fi fort d'en fuivre les manieres.

Si l'on fe mettoit une fois fortement
dans l'Efprit , que la Religion eft un
degré neceffaire pour parvenir à la faveur , & à l'avancement , peut-on comprendre , que des perfonnes devouées à
leur réputation , & à leur fortune , oferoient fe déclarer contre fes maximes ,
& fe conduire , comme fi elles les mé-
prifoient ? Il n'y a point de qualité fi
contraire au naturel de l'homme qu'il
ne fe l'aproprie pour ménager fes inté-
rêts , ou pour favorifer fes paffions do-
minantes. Le mortel le plus fier devient humble , l'Efprit le plus farouche
s'addoucit , le plus pareffeux fe rend
induftrieux & actif , quand il s'agit
d'ateindre l'objèt de fes vœux les plus

K 5   ar-

ardens. Avec quelle vivacité, par conséquent, n'entreroit-on pas dans les routes de la Vertu & de la Pieté, si elles ménoient infailliblement à la faveur, & à la fortune.

Si dans nos Armées on mettoit quelques bornes aux Imprécations, aux discours Profanes, à la débauche, dont on tire vanité, au jeu excessif & à l'intempérance, je ne vois pas que les conséquences d'une telle réforme pourroient être dangereuses. Je suis très-persuadé, que la corruption n'y seroit ni si générale, ni si exorbitante, si on obligeoit du moins les Militaires à quelque bienséance extérieure dans leur conduite, si leur libertinage n'étoit pas un moïen de s'avancer, & si la pieté ne leur servoit pas d'un obstacle presque insurmontable, pour faire leur chemin. J'ai été informé par des Officiers d'une très-grande distinction, que dans toutes les Armées des Alliez il n'y a point de troupes aussi mal disciplinées, que les notres, & je comprends fort bien qu'il est impossible, qu'elles le soient mieux. Les Soldats ont continuellement devant leurs yeux le mauvais exemple de leurs Chefs, & ils ne sauroient donner dans
au-

aucun Crime , dont leurs Officiers ne foient infiniment plus coupables qu'eux, fans y être portez par des tentations également fortes.

On accufe généralement nos Officiers d'avoir rétabli parmi nous le vice brutal de boire avec excès , qui étoit difparu prefque entierement en Angleterre , il y a quelques années. Il eft certain, qu'ils ont réüffi merveilleufement bien ; plufieurs jeunes gens de Famille, & même un grand nombre de Nobles du premier ordre, ont fait de grands progrès , fous de fi habiles Maîtres ; ils n'ont pas le moindre foin de cacher leur talent ; & s'ils n'en ont aucune honte, c'eft qu'ils font perfuadez qu'il ne les expofera à aucun reproche.

Ce mal feroit bientôt deraciné fi la Reine trouvoit bon de déclarer ouvertement , qu'aucun jeune homme de quelque qualité qu'il pût être , adonné à un vice fi honteux , ou à quelqu'autre également infame , n'auroit accès à fa faveur, ni même à fa prefence , & fi elle ordonnoit pofitivement à fes Miniftres , & à tous ceux qui poffedent les premieres Dignitez de l'Etat, de les traiter avec le même mépris , dès que

K 6 cette

cette déclaration feroit généralement
connuë , tous ceux qui ont le moindre
atachement pour leur réputation , &
pour leur fortune éviteroit avec foin le
Commerce de pareils débauchez ; par
là le Vice deviendroit tellement infame , que ceux , qui ne voudroient pas
fe donner la peine de l'aracher de leur
cœur , s'efforceroient du moins de fauver les aparences.

Cette même methode pouroit arêter
dans fa courfe la coutume impetueufe
de brufquer fa ruine en jouant des fommes immenfes. La caufe , qui fait faire tant de progrès dans la Nation au jeu
immoderé, c'eft qu'on le foutient , &
qu'on paroit l'animer par une conduite
toute opofée à celle que je recommande ici , ce qui ôte abfolument l'autorité aux Loix , qui ont été faites pour
le tenir en bride.

On ne fauroit me nier encore que le
défaut de difcipline exaête & fevere, dans
nos Univerfitez, n'ait été d'une dangereufe confequence pour notre jeuneffe ,
qui y eft prefque entierement abandon-
née à fa propre conduite ; fur tout la
Nobleffe, qui ne confidérant pas l'Erudition comme néceffaire à fa fubfiftance,

cè, y vit à sa Fantaisie, & y prend ses degrès, sans qu'elle soit obligée de faire quelques progrès dans les Sciences. Ce qui est le plus grand, & le plus pernicieux de tous les abus. Si l'on ne gagne pas dans les Universitez quelques notions du savoir & des belles Lettres, il est certain qu'on y perd absolument son tems, puisque tout ce qui sert d'ornement à une belle éducation, est infiniment mieux enseigné par tout ailleurs. Le séjour que les jeunes gens y font ne sauroit servir à les détourner de la route du vice, ou à les éloigner des occasions de se débaucher : ils s'y trouvent ensemble en trop grand nombre, & ils sont trop Maîtres de leurs Actions, pour qu'une semblable intention puisse promettre la moindre réüssite.

Cependant de quelle nature que puissent être les abus qui se sont glissez dans les Universitez par la négligeance & par la longue suite des tems, qui a fait perdre aux Anciens Statuts toute leur vigueur, on peut y remedier, par des ordres severes de la Cour, adressez aux Chefs, & aux Inspecteurs des Colléges ; sans parler ici de l'Autorité particuliere de Sa Majesté dans quelques-

unes

unes de ces Maisons, fondées par ses Prédecesseurs.

Au sortir des Universitez, la jeune Noblesse, & d'autres Ecoliers d'une fortune considérable, sont d'abord envoïez dans la Ville, de peur de contracter des airs de Pédanterie, par un trop long séjour dans les Colléges. Plusieurs jeunes Gentilshommes sont placez dans les * *Apartemens de la Cour*, où ils ont toute liberté de suivre aveuglement leurs passions & leurs caprices.

Les mauvaises conséquences de tous ces relâchemens dans l'éducation, paroissent évidemment, en ce que de dix personnes qui parviennent, & qui se distinguent, dans l'Eglise, dans la Cour, dans la Politique, & dans les Armées, il y en a neufs Cadets de Famille, ou gens sans naissance, qu'une fortune bornée a animez au travail, & à l'application.

Pour ce qui regarde ces *Apartemens de la Cour*, à moins que de suposer qu'ils

* C'est un endroit à *Londres* ou les jeunes Jurisconsultes prennent d'ordinaire des Chambres.

qu'ils font fort dégénérez de leur inftitution primitive, jamais aucun feminai-
re n'a été plus mal reglé dans un Païs.
Chrêtien ; fi l'on peut y remedier fans
l'interpofition du Pouvoir legiflatif ,
c'eft ce que je ne faurois déterminer ,
faute d'avoir fait des recherches affez
exactes là-deffus. Ce que je fai très-
bien, c'eft que toutes les Nations éclairées, fe font acordées en établiffant des
Seminaires, à obliger la jeuneffe à l'obfervation exacte de certains devoirs moraux, fur tout de la Juftice , de la
Temperance & de la Sageffe ; & de
n'en pas borner les obligations aux
Sciences, & aux exercices du corps ;
au lieu que chez nous, on fe moque
ouvertement de cette partie effentielle
d'une bonne éducation.

On me permettra de dire ici , fans
avoir le moindre deffein de choquer le
Clergé , que par une prévention auffi
commune que pernicieufe , les Ecclefiaftiques eux-mêmes , détruifent
les fervices qu'ils pouroient rendre à la
Religion , & à la Vertu ; ils affectent
de n'avoir du Commerce finon les uns
avec les autres, & de ne fe point mêler
avec les Laïcs ; ils ont leurs Societez
par-

particulieres, leurs caffez Particuliers, où ils paroissent toûjours pour ainsi dire en *troupe*. Un Ministre tout seul ose à peine se montrer dans une Compagnie de gens polis, & s'il s'y trouve par malheur, il est taciturne, la défiance est peinte sur son visage, il est dans des apprehensions continuelles d'être turlupiné, & d'être en butte à des railleries offensantes.

Cette conduite du Clergé me paroît aussi sensée, que le seroit celle des Médecins, s'ils mettoient tout leur tems, à visiter leurs Apoticaires, ou à se visiter les uns les autres, sans se mettre en peine de leurs malades; à mon avis le Commerce avec les Laïcs est l'afaire principale des gens d'Eglise, & je ne crois pas qu'ils puissent trouver un moïen plus efficace de sauver les ames, que de se rendre propre à plaire dans la Conversation des gens du monde; leur érudition pouroit y contribuer beaucoup, s'ils s'apliquoient à la polir; & à la débarasser de la rudesse, & de la Pédanterie. Il est ordinaire à présent, que ceux qu'on apelle *bons vivans*, qui ne vont jamais à l'Eglise, & qui ne s'amusent point à parcourir les livres de

dé-

dévotion, forment leur idée de tout le Clergé, fur quelques pauvres Miniſtres vagabonds, qui ſe crottent dans les ruës, ou qui ſemblent ſe dérober de quelque Maiſon de *Qualité*, où ils font l'office de *Chapelain* pour dix *Shellings* par mois ; cette idée n'eſt pas rectifiée par la vuë d'autres Eccleſiaſtiques, qui ont des talens plus relevez, & une figure plus revenante.

Que certains raiſonneurs penſent ce qu'ils trouvent à propos, il eſt certain qu'il faut porter la maſſe generale des hommes à aimer, & à eſtimer les gens d'Egliſe, ſi l'on veut leur inſpirer de la tendreſſe pour la Religion ; on fait d'ordinaire fort peu de cas d'un remede, quelque excellent, qu'il puiſſe être, s'il eſt donné par un medecin, qu'on hait ou qu'on mépriſe.

Or ſi les Eccleſiaſtiques avoient autant de penchant à frequenter les bonnes Compagnies, qu'en ont d'autres honnêtes gens ; s'ils vouloient étudier un peu l'Art de la converſation, ils feroient les bien venus par tout, où l'on à quelqu'égard pour le bon-ſens, & pour la politeſſe, & par conſequent ils previendroient mille diſcours impertinens

tinens & prophanes, & mille actions du même caractere. Il ne seroit pas à craindre même, que des gens, qui auroient la moindre idée du sens commun, se plaignissent d'être gênez par la Compagnie d'un homme d'Eglise, parce qu'ils n'oseroient prononcer devant lui des blasphemes, & des railleries obscenes.

Pendant que le Peuple est si jaloux de l'autorité & de l'ambition des Ecclesiastiques, qu'il ne sauroit penser qu'avec horreur au rétablissement de l'ancienne Discipline de l'Eglise, je ne vois pas d'autre methode pour le Clergé, de reformer le monde, que de faire tous les efforts, que la vertu avoue, pour se rendre agréable aux Laïques. C'est là sans doute une partie de la prudence du Serpent, recommandée dans l'Evangile, & c'est précisement le procedé dont se glorifie St. Paul, *qui devenoit tout à tous, Juif aux Juifs, & Grec aux Grecs.*

Je suis persuadé qu'il seroit difficile de faire gouter cet expedient aux gens d'Eglise, qui se sont mis généralement dans l'Esprit, que cette coutume de se bannir de la Societé des gens du monde

est

eſt une partie eſſentielle de leur devoir. Je ſai même , qu'on s'eſt efforcé de leur inſpirer cette idée , dans pluſieurs Lettres Paſtorales des Evêques. Il y a même un de ces Prélats diſtingué par ſes lumieres , & par ſon mérite , qui leur a donné de pareils préceptes , quoi-que pendant toute ſa vie , il ait pris lui-même un chemin tout opoſé ; mais je me trompe fort pourtant , ſi ces Con-ſeils ſont les motifs les plus forts d'une telle conduite , & ſi les Eccleſiaſtiques n'y ſont pas porté plus efficacement , par une certaine honte atachée à une mauvaiſe éducation , & par la crainte d'être inſulté par les gens du monde.

Ces deux motifs perdroient bientôt toute leur force, ſi la Vertu, & la Re-ligion ſoutenuës par la Cour, étoient en vogue parmi tous ceux , qui ocupent les grandes charges , & qui les bri-guent , ou qui ſe flatent d'y parvenir un jour ; une eſtime extérieure, du moins pour le Clergé, ſeroit la con-ſequence infaillible d'une telle réforme, & les gens d'Egliſe auroient aſſez de bon ſens pour trouver leur devoir & leur inté-rêt, à ſe rendre propre à une converſation

tion polie, dès qu'ils ne craindroient
plus d'être offensez, & choquez par des
obscénitez, & par des profanations.

J'ai une autre considération encore à
communiquer au Public sur le même
sujèt, mais je crains bien qu'elle ne
passe pas pour *Orthodoxe*.

Le Clergé est parmi nous le seul ordre de personnes, qui portent constam-
ment un habit distingué du reste des
hommes; une experience fort contraire
à la raison, nous en fait voir cette per-
nicieuse conséquence, que tandis qu'il
se trouvera des personnes d'une conduite scandaleuse sous cet habit distingué,
il sera méprisé par tout où on le trouvera. Un homme du monde voïant
par hazard un faquin couvert de cette
robbe, qui au milieu de la nuit tache
à regagner sa maison d'un pas chancel-
lant, spectacle qui n'est pas extrémé-
ment frequent parmi nous, mais qui ne
tient pas pourtant du miracle, aura d'a-
bord mauvaise opinion de tout le Clergé; & sera par cela même confirmé
dans ses propres vices. On y pouroit
remédier en quelque sorte si l'on avoit
soin d'envoïer ces Théologiens vagabonds, dans les *Indes Occidentales*, où

il

il y a pour eux de l'Ouvrage de refte, & plus de moïens de faire fortune qu'ici. Mais un remède plus général & plus efficace feroit de ne permettre l'ufage de la Robbe, qu'à ceux qui auroient quelques bénéfices, ou affez de bien pour fe tirer du mépris & il vaudroit encore mieux à mon avis, qu'excepté les Evêques, tous les Ecclefiaftiques s'habillaffent modeftement comme les autres hommes, hormis dans les occafions où ils feroient obligez d'exercer leur miniftere.

Il s'eft gliffé dans cette Ville un autre abus, qui contribuë extrêmement aux progrès du vice. On donne fouvent la charge importante *de juge de Paix* ou de *Commiffaire*, à des gens dont l'intérêt eft de bannir la Vertu d'au milieu de nous, qui fubfiftent, & qui s'enrichiffent, en foutenant les excès les plus afreux, & en vendant leur protection à toutes les femmes de médiocre vertu, qui ravagent leurs differens quartiers. C'eft ainfi que ces dignes Magiftrats au lieu de mettre des bornes aux crimes les plus énormes, les redoublent, & caufent dix fois plus de debauches, qu'il y en auroit

fans

fans leur Magiftrature , *Non hoc inven-*
tum munus in ufum.

Rien n'eft plus évident ; ces femmes
pernicieufes aïant une double charge à
foutenir, leur propre fubfiftance & celle du juge, doivent redoubler leur induftrie criminelle , & leurs infames artifices.

Il eft certain que la Reine & le Miniftere , pouroient facilement redreffer
ce deteftable abus de la Juftice, en aug-
mentant le nombre de ces *Commiffaires*,
en ne choififfant que des gens vertueux
& integres , en ne donnant cet emploi
qu'à des perfonnes riches , & peut-être
en mêlant parmi eux quelques Eclefiaf-
tiques du premier rang, fans permettre à qui que ce fut de refufer cette
charge , quand elle lui feroit offerte.

La reforme du Théatre dépend abfolument de Sa Majefté , & par les impreffions qu'il fait fur l'efprit de la jeuneffe , il merite bien qu'on y prête la
plus grande attention. Je ne parlerai
pas ici de certains paffages de nos Co-
medies , indecens , ou profanes , ni
des turlupinades , dont on accable la
dignité même du Clergé , ni d'autres
irregularitez criantes , dont on accufe
avec

avec raifon, nos piéces de Théatre &
furtout les plus modernes.

J'obferverai feulement *la Juftice dif-
tributive* de Meffieurs les Auteurs, qui
ne manquent jamais de punir la Vertu,
& de recompenfer le Vice, contre les
regles de critique les plus fenfées, &
contre la pratique conftante, de tous
les fiécles, & de tous les autres Peuples.

On verra d'ordinaire fur la Scene, un
Gentilhomme Campagnard, qui n'a
d'autres défauts, que de l'Impoliteffe
& un accent Provincial, qu'il n'eft pas
le maître de quitter, condamné à épou-
fer une Courtizane ufée, ou une Fille
de Chambre, qui a fait banqueroute à
fon honneur ; en recompenfe un Scelerat de profeffion, à qui on donne pour
qualitez brillantes la Prodigalité, la
Profanation, l'Intemperance, & la De-
bauche la plus exceffive, devient l'E-
poux d'une riche Heritiere, propre à
reparer les bréches, qu'il a fait dans
fon Patrimoine par les excès les plus
honteux ; comme dans une Tragedie
on releve, & on embellit le caractere
d'un Heros dans l'Efprit des Specta-
teurs, en lui attribuant plufieurs grandes

des Victoires , nous reprefentons les Heros de nos pieces Comiques chargez des dépouilles de plufieurs femmes conquifés par la rufe & par l'effronterie.

Je ne me fouviens pas que nos Auteurs Dramatiques aïent jamais donné fur le Théatre un fuccès avantageux à une intrigue Criminelle , avant *Charles II.* mais dépuis fon Regne , un Echevin ne manque jamais d'être cocu fur la Scene , ni la Vierge innocente d'être dupée , dans le tems que le Spectateur eft obligé de fupofer que la fornication & l'Adultere font commis derriere les Couliffes , & de garder pour ainfi dire les manteaux.

Ces Irregularitez Criminelles du Théatre & plufieurs autres particulieres à notre âge, & à notre Pais, ne fubfifteront , que tant que la Cour voudra bien les tolerer, & y conniver ; & certainement une penfion ne feroit pas mal emploïé à quelqu'homme vertueux, favant & fpirituel, à qui on donneroit la commiffion de retrancher les paffages fcandaleux des piéces qui ont déja cours parmi nous, & de celles qu'on offre de tems en tems pour être repréfentées ; par là & par d'autres reglemens fenfez,

le

le Théatre pouroit devenir un divertiſ-
ſement innocent, & utile, au lieu de
jetter du ſcandale ſur notre Patrie & ſur
notre Religion.

Les Propoſitions que j'ai faites juſqu'ici, pour l'avancement de la Religion, & de la Vertu ne ſont pas vagues, & de pure ſpeculation, elles peuvent être miſes en uſage par un Prince
pieux & actif, fermement reſolu à en
profiter, & à y donner toute ſon attention. Je ne croi pas même qu'on
puiſſe faire contre elles les moindres objections, ſinon qu'en faiſant de la Religion un degré vers les Dignitez & vers
la Fortune, on augmenteroit le nombre des Hypocrites parmi nous. Je le
crois effectivement ; mais pourvu que
par les methodes que j'ai indiquées, une
ſeule perſonne d'entre vingt devint
réellement vertueuſe ; je penſe pourtant que notre Roïaume y gagneroit ;
d'ailleurs la ſimple affectation de la
Vertu, vaut mieux que le Vice de-
maſqué, & que le libertinage qui marche à découvert ; elle porte du moins
les livrées de la Religion, en recon-
noît l'autorité, & évite le ſcandale ; je
m'imagine même, qu'un déguiſement

continuel gêne trop la nature humaine, & furtout le temperamment Anglois.

Il eft probable que nos Compatriottes abandonneroient leurs vices par pure laffitude, plûtôt que de s'ocuper toûjours à fauver les aparences, & à chercher des biais pour s'y livrer en particulier, & pour les dérober aux yeux du public. Je crois que bien fouvent il en eft de la Religion, comme de l'Amour, qui à force d'affectation peut devenir réel, par raport aux fentimens il n'y a qu'un pas de la fiction à la réalité.

Tous les autres projèts, qui tendoient au même but ont été jufqu'ici inutiles. Toutes les Loix contre les mauvaifes mœurs ont manqué du coté de l'exécution, & les Edits qu'on a fait de tems en tems, pour leur donner une nouvelle force, n'ont paffé que pour de fimples formalitez.

On dit même que certaines Societez Religieufes établies dans la meilleure intention du monde, & par des perfonnes d'une Pieté exemplaire fe font changées avec le tems en Affemblées factieufes, ocupées à un Commerce honteux, uni-

uniquement propre à enrichir d'infames délateurs.

Cependant par raport à la Politique même, il est d'une plus grande necessité, qu'on ne pense d'ordinaire, de prendre des mesures vigoureuses & efficaces pour exécuter une pareille reforme ; la ruine d'un Etat est ordinairement précédée, par une corruption generale, & par un mépris universel de la Religion, & c'est là par malheur notre triste cas.

Dis te minorem quod geris , imperas.

Ce Projet n'est pas d'une nature à être differé jusqu'à un tems de Paix & de loisir ; une heureuse réforme dans les sentimens & dans la conduite, est le meilleur moïen que la nature & la Religion puissent nous fournir pour finir avantageusement la présente Guerre ; car si ceux, qui remplissent les Charges s'acquittoient de leurs devoirs par un Principe de Conscience, nos affaires n'auroient rien à essuïer de la fraude, de la négligence, de la Corruption ; d'ailleurs si nous croïons un Dieu, & sa Providence, & si nous nous conduisions consequemment à cette persuasion, nous pourions nous atendre à l'as-

sistanfiftance du Ciel, aïant une caufe aufli jufte qu'eft la notre.

Jamais aufli la Majefté de la Couronne de la grande Bretagne ne pourroit fe revetir d'une plus grande fplendeur, aux yeux des fubjets, & des Etrangers, que par l'exécution d'un projèt, qui produifant des effets fi admirables, donneroit la plus grande idée du pouvoir de nos Souverains. Le Pouvoir eft le centre des vœux, de tous les Princes, & un Monarque d'une puiffance limitée ne peut jamais mieux fatisfaire à une ambition reglée, qu'en faifant valoir des Loix falutaires.

Il faut remarquer encore, que tous les differens partis s'acorderoient à poufer une fi excellente entreprife, pour fe donner de la Réputation ; il eft même naturel de croire, que ce feroit le meilleur expédient pour calmer leurs animofitez. J'ai obfervé que les Efprits les plus factieux font précifement ceux qui font voir dans toutes leurs actions le moins d'atachement pour la Religion, & pour la Vertu ; & fi de telles gens, du moins ceux qui font les plus incorrigibles entr'eux, ne veulent pas reconnoître l'utilité de nos mefures, & refter

en

en proïe aux inquietudes de leur propre naturel, le mal ne sera pas grand, & il ne sera pas fort dificile de gagner les autres, & de les reconcilier.

A présent les corruptions excessives qui sont répanduës dans l'administration de nos affaires, passent l'Imagination. Des personnes d'une grande habileté, ont fait voir par un calcul exact que de six millions qu'on leve tous les Ans sur le Peuple, pour le bien public, un bon tiers s'abime dans les differentes Classes, & subordinations de ceux, qui administrent nos Deniers, avant que le reste puisse être emploïé pour l'utilité de la Patrie. C'est là un inconvenient accidentel de notre liberté, & tandis qu'on confiera nos affaires à des gens, qui ne sont susceptibles d'aucun remord, & qui n'ont d'autre vuë qu'un vil intérêt, la seule chose qui pouroit nous défendre contre leurs rapine, ce seroit le pouvoir arbitraire d'un Prince qui les feroit pendre, dès que leurs fraudes seroient découvertes. Mais chez nous le Souverain ne peut rien sans les Loix, & le seul danger où ces Scelerats s'exposent, en cas qu'on découvre leurs vols, c'est la perte de leurs

em-

emplois, danger qu'on peut éviter de
mille differentes manieres : quand la
fourberie eſt parvenuë au plus haut
point, elle tire de ſon propre ſein des
armes pour ſe défendre. Tout ce qui
peut arriver de plus chagrinant à ces
malhonnêtes gens, c'eſt que quand
leurs crimes ſont ſi énormes & ſi généralement connus, que les Miniſtres ſont
obligez, par pure honte, de les priver
de leurs charges, ils en ſortent acca-
blez des dépouilles de la Nation, *&
fruuntur Diis iratis.* Je pourrois nommer ici une *Commiſſion*, dans laquelle
pluſieurs perſonnes, n'aïant pour toute
penſion, que cinq cens livres ſterling,
ſans autres revenus conſiderables, ont
vecu, comme s'ils en avoient deux
mille par an, & ont acheté des *Terres*,
& des *Annuitez* pour plus de quarante
ou de cinquante mille livres.

Il ne ſeroit pas dificile de citer cent
autres exemples de la même nature.
Quel remede peut-on trouver à de pareilles mal-verſations, dans une *Conſtitution* comme la nôtre, que de mettre
la Religion en vogue, & de remplir
les Charges de perſonnes portées par
l'eſperance d'une recompenſe éternelle,
&

& par la crainte d'une punition fans bornes, à fe conduire avec Juſtice, & avec integrité.

Le Souverain, comme j'ai déja dit, en eſt abſolument le Maître, il n'a qu'à regler exactement ſes Miniſtres, & les perſonnes honorées des plus grandes Dignicez du Roïaume, & les favoriſer ſelon que leur atachement pour la Pieté, & pour les bonnes mœurs, les en rendra dignes, afin que par leur exemple, & par leur autorité ils reduiſent à la même reforme, tous ceux qui dépendent d'eux, & qui ſont intereſſez à chercher leur protection.

Il eſt certain qu'une telle reforme executée avec ſuccès ſe répandroit bientôt dans tout le Roïaume, puiſque la plûpart de la jeuneſſe de quelque diſtinction paſſe dans cette capitale, la partie de la vie la plus ſuſceptible de fortes impreſſions, & qu'elle s'y aſſemble de tous cotez, pour atraper de belles manieres, ou pour faire fortune. Ceux de ces jeunes gens, qui retournent enſuite dans leurs Provinces, y ſont imitez comme les plus parfaits modéles d'eſprit & de politeſſe.

Si une fois on étoit en train de conſidérer

fidérer la Religion, & la Vertu, comme des qualitez neceffaires pour la réputation, & pour l'avancement ; fi le Vice & l'Irreligion n'étoient pas feulement chargez d'infamie, mais encore un obftacle invincible à toutes les efperances de fortune, notre devoir devenant la même chofe que notre intérêt, jetteroit de profondes racines dans nos Ames ; il feroit tellement enté fur le Génie de toute la Nation, qu'il feroit difficile à un Prince peu vertueux, de nous faire retourner à notre prémiere corruption.

Je me fuis borné aux moïens d'avancer la Pieté, qui font au pouvoir d'un Souvérain limité dans fa puiffance, comme le notre, & qui confiftent dans une exécution vigoureufe des Loix établies ; en voilà affez pour un projèt qui n'eft pas recommandé par un nom illuftre. Si l'on en voïoit une fois le fuccès, je ne doute point qu'on ne mit encore en œuvre d'autres mefures, qui ne dépendent pas entierement du Prince, & que le *pouvoir Legiflatif* ne négligeroit rien, pour y mettre la derniere main. J'indiquerai feulement ici un petit nombre

de

de moïens , dont il pourroît fe fervir avec fruit.

Pour reformer les Vices de la Ville, qui ont une fi grande influence furtout le Roïaume , il feroit fort utile de faire une Loi pour ordonner à tous les Cabaretiers de renvoïer leur chalands chez eux, & de fermer leur porte à minuit , & pour défendre à toute femme , quelle qu'elle pût être , de mettre jamais le pied dans un Cabaret , fous quelque prétexte que ce fût ; on comprend facilement , qu'une pareille Loi préviendroit un très-grand nombre d'inconveniens, comme Querelles , Débauches, Vols , Maladies infames , & un grand nombre d'autres maux , qu'il eft inutile de mentionner. Il feroit bon même d'enjoindre aux Maîtres de ces maifons, fous des peines feveres , de ne donner à chaque Compagnie qu'une certaine quantité de boiffon , & de leur refufer tout ce qui pouroit les jetter dans des excès.

Je croi qu'il y a à peine dans toute la Chrêtienté une feule Nation , où toutes fortes de fraudes font pratiquées dans un auffi haut degré que chez nous ; l'homme de Robbe, le Negociant, &

l'Artifan ont trouvé chacun dans fa vocation tant de moïens de tromper, & tant d'artifices fubtils, qu'ils paffent la portée de la prudence humaine incapable de fe précautioner contre tant de piéges; nos Legiflateurs ne pouroient jamais rendre un plus important fervice au Public qu'en apliquant un remède efficace à ce mal, qui dans plufieurs cas mérite des chatimens plus rigoureux, que certains crimes, que nos Loix puniffent par la mort du coupable. Le Marchand de Vin mêle du poifon à fes liqueurs frelatées & tuë par là plus de fujets qu'une maladie contagieufe; l'Avocat vous perfuade d'entrer dans un Procès, dans lequel il prévoit votre ruine, & celle de toute votre Famille; le Banquier prend tout votre capital, & il vous en promet des rentes confiderables, refolu de faire banqueroute le jour après. Tous ces Scelerats meritent infiniment mieux la Potence que ce Malheureux, qu'on y atache, pour avoir volé un Cheval.

On ne fauroit gueres répondre devant Dieu & devant les Hommes de ce qu'on ne fait point quelque Loi fevere, contre la liberté exceffive de la Preffe;

du

du moins devroit-on prévenir l'impref-
fion de ces Ouvrages, qui, fous prétexte
de *la Liberté de Penfer*, renverfent tous les
Articles de la Religion, qui ont toujours
paffez pour inconteftables parmi tous
ceux, qui fe font fait une gloire de porter
le nom de Chrêtiens ; par conféquent
ces Dogmes ne doivent point être re-
gardez, comme des matieres de Controverfe, ou comme des fujets de fimple fpéculation. *Les Dogmes de la Trinité*,
de la Divinité de J. Chrift, *l'Immortalité*
de l'Ame & même *la Verité de toute la*
Révélation, font tous les jours com-
battus, & niez ouvertement, dans des
livres faits exprès dans ce deffein, quoique il n'y ait point de Secte parmi nous,
qui admette les principes, qu'on pofe
dans ces dangereux Ouvrages, ou qui
les croïe néceffaires à fon Syftême.

Je n'aurois jamais fait, fi je voulois
entrer ici dans le détail de tous les inconveniens ou le *Pouvoir Legiflatif* feul
eft en état de remédier. Peut-être ceux,
dans lequel ce pouvoir réfide, feront
peu de cas de *quelques propofitions*, qui
ne fortent pas de leur propre *Corps* ; cependant, quoique perfuadé de la foi-

L 6   bleffe

bleffe de mes lumieres, je fuis fûr que les penfées finceres d'un homme éclairé & intègre, qui n'a en vuë que le bien de fa Patrie, peuvent aller plus au fait, que les déliberations d'une Affemblée nombreufe, où la faction, & l'intérêt, ne prévalent fouvent que trop. Un feul guide montrera mieux le chemin que cinq cens, qui ont des idées differentes, ou qui marchent à tatons, en fe fermant les yeux.

Dans la défiance où je fuis de la reception qu'on fera à mes *Propofitions*, je ne ferai encore qu'une feule remarque, qui mérite ce me femble toute l'attention du Parlement.

N'eft-ce pas une honte pour notre Païs, & un fujet de fcandale pour toutes les Nations Chrêtiennes que dans plufieurs Villes, où le nombre des Habitans augmente tous les jours, on ait fi peu foin de bâtir de nouvelles Eglifes; qu'il eft impoffible à la cinquiéme partie du Peuple d'affifter au Service Divin ? Dans notre Capitale même un feul Miniftre affifté de deux chetifs Vicaires, eft fouvent chargé du foin de plus de vingt mille Ames. Ce manque d'égards, & de refpect pour la Religion, me me paroit fi abominable , que je ne croi pas qu'aucun Siécle ou aucun autre Peuple en puiſſe fournir des exemples.

En voilà aſſez pour ce qui regarde les nouvelles Loix qu'on pouroit faire pour reformer le Genre-Humain. J'en reviens à mon ſujet Principal, *l'exécution exacte & rigoureuſe des Loix déja faites ,* qui dépend abſolument du Souverain , en vertu d'un droit ataché à la Couronne ; je conclus de tout ce que j'ai avancé à cet égard , que ſi les poſtes d'Autorité , de Pouvoir , d'Honneur , & de Profit , devenoient les recompenſes de la Vertu , & de la Pieté , un établiſſement ſi ſalutaire influeroit puiſſamment ſur les mœurs , & ſur la Foi de tous les Sujets. C'eſt alors que des gens éclairez , & habiles feroient tous leurs efforts pour exceller dans la pratique des devoirs de la Religion , afin de ſe mettre en état de parvenir aux plus grandes Dignitez.

Je pourrois bien me tromper par raport à quelques moïens , que j'ai propoſez , comme néceſſaires à l'exécution d'un ſi grand deſſein , mais on ne ſauroit tirer de là aucune objection eſſen-

tielle

tielle contre le deſſein même. Que ceux qui ſe trouvent à la tête des affaires prennent des meſures plus juſtes ; rien ne leur eſt plus aiſé. Il ſuffit que tout le monde m'acorde, que le mal dont il s'agit eſt réel, & d'une très-dangereuſe conſequence ; qu'il exige de prompts remedes, & que tous ceux qu'on y a apliquez juſqu'à préſent n'ont produit aucun effet ſenſible.

Ces veritez inconteſtables autoriſent ſuffiſamment un Amateur de ſa Patrie, & qui n'a pas d'autre but que le bien public, à communiquer à la Nation, ſes penſées ſur un ſujet ſi important.

Notre Reine eſt une Princeſſe auſſi reſpectable par ſes vertus, qu'aucun Souverain, qui ait jamais rempli le Trone ; de quel nouvel éclat ne brilleroit pas ſon admirable caractere aux yeux de ſes contemporains, & de là poſterité la plus reculée, ſi Elle emplöioit toute ſon autorité à communiquer une partie de ſes vertus à ſes ſujets, trop abatardis pour devenir meilleurs, par ſon ſeul exemple ? Qu'il me ſoit permis de dire avec toute la vénération que l'on doit à cette Princeſſe incomparable, que les efforts qu'elle peut faire

faire pour parvenir à ce grand but font une partie essentielle de ses devoirs, de son intérêt, & de sa gloire.

A présent un homme croit avoir tout le mérite nécessaire pour prétendre les plus éminentes Dignitez, pourvû qu'il ait crié plusieurs fois contre ceux qui forment de pernicieux desseins contre le Gouvernement, il est vrai que c'est un homme dévoué à ses plaisirs, & un *Esprit fort*, c'est-à-dire un débauché dans les formes, & un ennemi de la Religion ; qu'importe, c'est un homme utile, propre à soutenir le *parti*, qu'il a embrassé ; il en mérite toute la confiance, il est vif Défenseur de la Liberté, & des Droits du Peuple, il déclame contre le Papisme, contre le Pouvoir Arbitraire, contre les fourberies du Clergé, & contre *la Haute Eglise* ; en voilà assez : c'est un Personnage duëment qualifié pour quelque charge que ce soit dans la Cour, dans l'Armée, dans la Flotte, ou dans la Politique, & bientôt il se voit en état de pousser jusqu'aux derniers rafinemens les fourberies, la Fraude, la Corruption, l'Oppression, l'Injustice, &
tous

tous les crimes , qu'il espere de pouvoir commettre avec impunité. Faut-
il s'étonner que de pareilles gens s'atachent si fort à un Gouvernement , où
la *Liberté* est si exceffive , & où les sujets font si furs de la *Proprieté* de leur
bien, de quelque maniere, qu'ils l'aïent
acquife? Ils ne pouroient jamais choifir
une autre *Conftitution* fans y perdre con-
fiderablement.

Une exacte fidélité pour un Gouvernement établi , eft en effet le moïen
principal de le défendre contre les en-
treprifes des ennemis de dehors , mais
fi elle n'eft acompagnée d'autres vertus , elle ne préviendra jamais les vices , qui en fappent les fondemens ,
& qui ruinent plus furement un Etat ,
que ne fait l'ambition des Princes voi-
fins.

Si mes propofitions, qui tendent à réformer le Roïaume , font les plus fenfées , & les plus convenables ; c'eft ce
qui peut être traité comme une queftion problematique : mais il eft incon-
teftable qu'une telle réforme eft abfolument néceffaire , parce qu'on peut
conclure de la nature des chofes mêmes ,

mes, que des abus, auxquels on n'a-
porte point de remede efficace, s'aug-
mentent de jour en jour jufqu'à ce
qu'ils aïent renverfé entierement la Societé. Comme il n'eft pas poffible,
qu'il n'y ait dans le cœur des hommes
des femences de *Corruption*, il faut dans
un état bien reglé, que ceux, qui font
armez du pouvoir d'exécuter les Loix,
s'ocupent continuellement à s'opofer à
fes progrès *& à reduire tout à fes premiers Principes*, comme s'exprime *Ma-
chiavel.* Ils ne doivent jamais permettre
que les abus vieilliffent, & fe multi-
plient d'une maniere à rendre les remedes inutiles.

Celui qui veut empêcher la ruïne
de fa maifon, doit prendre garde à
chaque fente, & la boucher dans le
moment ; à moins d'y veiller fans re-
lache, le tems feul la fera crouler,
fans le fecours des orages, & des
tremblemens de terre ; il fera dans un
danger perpetuel d'être envelopé fous
les ruines de cet Edifice ; il n'eft
plus tems de fonger à l'étaïer, & à
le raffermir ; il lui en coutera moins
à l'abbatre, & à en conftruire un
nou-

nouveau , qui ne fera peut-être ni fi ferme , ni fi commode , que celui qu'il a laiffé dépérir par fa négligence.

PRE-

PREDICTIONS

Pour l'année M. DCC. VIII.

Où les Grands Evenemens font raportez felon leur ordre, avec les noms des Perfonnes, & le jour du Mois.

Publiées, pour précautionner la Nation Angloife *contre les impoftures des Faifeurs* d'Almanacs,

PAR

ISAAC BICKERSTAF, *Ecuïer*.

APrès avoir long-tems & meurement confideré l'abus qu'on fait de *l'Aftrologie*, dans ce Roïaume, j'ai vu évidemment, qu'au lieu d'en accufer l'*Art* même, il ne faut s'en prendre qu'à ceux qui le
Pro

Profeffent. Je fais que des perfonnes très-éclairées ont prétendu prouver, que toute cette célébre Science, n'eft qu'une fourberie complette, & qu'il eft du dernier abfurde de fe mettre dans l'Efprit, que les Etoiles puiffent avoir la moindre influence fur les penfées, les penchans, & les Actions des Hommes.

J'avoue que ce fentiment eft très-excufable dans des perfonnes, qui n'ont pas tourné leurs études de ce côté-là, fur tout quand ils obfervent, comment cet Art fi noble eft manié par quelques idiots. Ces miferables prétendent avoir établi une efpéce de Négoce dans le *monde planétaire*, & ils n'en raportent toutes les années qu'une ample Cargaifon de Galimathias, de menfonges, & d'impertinences, qui bien loin de venir directement des Aftres, ont tout l'air de ne defcendre pas de plus haut que de leur impertinente imagination.

J'ai refolu de publier bientôt une Apologie détaillée de cette célébre Science, où je tire toutes mes preuves des principes inconteftables de la raifon, tout ce que je dirai à préfent, pour en donner une idée avantageufe, c'eft que
dans

dans tous les fiécles elle a eu pour Partifans des Savans du premier ordre ;
parmi lefquels je range *Socrate*, qui a
été indubitablement le plus fage de tous
les hommes non-infpirez. Si j'y ajoûte,
que ceux, qui ont condamné cet Art,
quoi que d'ailleurs gens d'une habileté
incontestable, ne s'y font jamais apliquez, ou bien n'ont pas réüffi dans
leurs recherches, on verra que leur té-
moignage ne doit pas être d'un grand
poids, puifqu'ils ont condamné, ce
qu'ils n'entendoient pas.

D'ailleurs je ne fuis pas fort choqué
de voir ceux, qui étudient l'Aftrologie,
& qui n'y ont fait, que des progrès
mediocres, traitez par les gens fages
avec le dernier mépris ; je fuis bien plus
mortifié en voïant les Gentilshommes
Provinciaux duëment qualifiez par leurs
richeffes à être un jour membres du
Parlement, creufer dans l'Almanac de
Partrige, pour y trouver les Evenemens de chaque Année, & n'ofer propofer une partie de chaffe, fi cet habile Homme, ou fon Compagnon *Gadbu-*
ry, n'ont pas fixé le beau-tems.

Je fuis prêt à jurer, que ces deux
Meffieurs & tous leurs *Colégues* ne font
pas

pas feulement de grands Aftrologues, mais encore des Enchanteurs dans les formes, fi je ne prouve papier fur table, par mille paffages tirez de leurs Almanacs, qu'ils n'ont pas feulement une idée ordinaire de la *Grammaire* & de la *Syntaxe*, qu'ils ne favent pas épeler un feul mot, qui forte un peu de la Sphere de la converfation la plus commune, & que dans leurs Préfaces ils ne favent ni parler Anglois ni penfer fens-commun.

Pour leurs Obfervations, & leurs Prédictions ce font des felles à tous chevaux, & elles peuvent convenir à tous les fiécles, & à tous les Peuples. *Dans ce Mois, certaine perfonne de diftinction eft menacée de la mort, ou d'une dangereufe maladie.* Ils n'ont qu'à confulter la Gazette, pour en être perfuadez ; on y voit clairement à la fin de l'année, qu'aucun mois ne s'eft paffé fans la mort de quelque perfonne de marque. Il n'eft pas poffible même que la chofe foit autrement, puifqu'il y a du moins dans ce Roïaume deux mille perfonnes de diftinction, parmi lefquelles il faut de néceffité qu'il y en ait de fort âgées ; & pour deviner à coup fur, l'Auteur n'a

que

qu'à fixer fa Prédiction, fur le mois de l'année le plus fécond en maladies. *Ce Mois, un célébre Ecclefiaftique parviendra aux Dignitez de l'Eglife.* Eh qui en doute, il y a parmi nous un grand nombre de Prélats, dont plufieurs ont déja un pied dans la foffe, & s'ils meurent, il n'eft pas naturel qu'on laiffe leurs charges vacantes. *Une Telle Planete, dans une telle faifon, fait voir des Complots, & des Confpirations très-confiderables dont on pouroit bien voir de funeftes fuites.* Si dans le tems prédit on découvre la moindre machination, voilà notre Aftrologue érigé en Prophete du premier rang.

Ils fe fervent encore d'un tour admirable qui d'ordinaire couronne l'œuvre ; *Dieu preferve le Roi Guillaume de tous fes Ennemis déclarez & fecrets. A-mén.* Si après cela ce Monarque meurt, il eft certain que l'Almanac l'a prognoftiqué clairement; s'il refte en vie, cette Phraze ne paffe que pour une petite Ejaculation d'un fidéle fujet.

Ce qu'il y a de plaifant, c'eft que dans quelques-uns de nos Almanacs, on a fait cette digne Priere pour le pauvre Roi *Guillaume*, plufieurs mois après fa

Mort,

Mort , parce que malheureuſement pour ces pauvres Aſtrologues , il décéda au commencement de l'année, quand ces belles piéces étoit déja publiées.

Pour laiſſer-là leurs impertinentes Propheties , je voudrois bien ſavoir à quoi nous ſervent leurs avertiſſemens touchant des *Pillules* & des *Ptiſannes* , pour les maux Vénériens, & leurs querelles en Vers & en Proſe , ſur les *Whigs*, & ſur le *Thoris*, & d'autres fadaiſes , dont les Planetes n'ont garde de ſe mêler.

Aïant long-tems remarqué avec toute la mortification poſſible , ces indignes abus de cet Art reſpectable , j'ai reſolu de lui ouvrir une nouvelle route, & de m'y prendre d'une maniere qui ne ſauroit que plaire généralement à toute la Nation , je ne donnerai cette Année qu'un eſſay , parce que j'ai été obligé d'emploïer preſque tout mon tems , à revoir & à corriger des Calculs , que j'ai faits autrefois , reſolu de ne rien donner au public dont je ne ſois auſſi perſuadé , que de ma propre exiſtance. Pour ce qui regarde mes Prognoſtics touchant les Evenemens des deux dernieres Années paſſées , je ne me ſuis trom-

trompé que dans deux particularitez de peu d'importance. J'ai prédit exactement le mauvais succès du Siége de *Toulon*, avec toutes fes circonftances, comme auffi le naufrage de l'Amiral *Shovell*. Il eft vrai que je m'étois mépris de 36. heures par raport au tems fixe de ce trifte accident, mais en revoïant mon calcul j'en ai d'abord découvert l'erreur.

J'ai prédit encore la Bataille d'*Almanza* avec les circonftances du jour, de l'heure, de la perte de coté & d'autres, & des fuites ; & pour faire voir que je ne fuis pas de ces gens, qui devinent après coup, j'ai donné à mes amis des billets fcélez, qui contenoient ces Prédictions, avec ordre de les ouvrir dans un certain tems fixe, & ils les ont trouvées exactement vraies, à quelques petites minuties près.

Pour ce qui regarde le petit nombre de Prédictions fuivantes, j'ai differé à les rendre publiques, jufqu'à ce que j'euffe examiné les Almanacs de l'année, où nous fommes entrez ; je n'y ai trouvé que le tour ordinaire, & je conjure le Lecteur de comparer leur methode avec la mienne. J'ofe bien hazarder

tout le credit de mon Art, fur le fuccès
d s Prédictions, que j'offre ici au public, & je permets à *Partrige*, & à
tous ceux de fa bande, de me décrier
comme le dernier des Impofteurs, fi je
me trompe ici dans la moindre particu-
larité, de quelque importance. Je m'i-
magine que ceux qui voudront bien lire
cette brochure, me fuppoferont pour
le moins autant de lumieres, & de probité, qu'à un Faifeur d'Almanacs. Je
ne me cache pas; je fuis un homme de
quelque réputation dans le monde, &
j'ai mis ici mon nom tout du long, afin
qu'il me foit une marque éternelle d'infamie, fi j'en impofe au public.

Au refte j'efpere qu'on ne trouvera
pas mauvais, que je parle avec menage-
ment des affaires Domeftiques de la Nation; il eft indifcret & imprudent de
dévoiler les Mifteres d'Etat, & il y a
du danger pour ceux, qui font affez
étourdis pour vouloir fe fignaler par là,
mais je me donnerai carriere fur des
particularitez, qui n'ont rien de commun avec le Gouvernement, & la fureté de mon Art paroîtra avec tout autant d'éclat à l'égard de ces évenemens
ordinaires, qu'à l'égard des revolutions

tions de la plus grande conſequence.
Pour ce qui doit ſe paſſer de plus remarquable hors de la Patrie , comme
en *France* , en *Flandre* , en *Italie* , &
en *Eſpagne* , je ne me ferai pas le moindre ſcrupule d'en parler ouvertement ,
& en termes clairs , & je me fais fort
de ne me jamais tromper ſur les *dates*
Afin que le Lecteur puiſſe me rendre
Juſtice là-deſſus ; je l'avertis , que je
me ſervirai par tout du Vieux Stile, &
je prie le public de s'en ſouvenir , en
voiant dans les Gazettes les Evenemens,
que je pronoſtique ici.

Je ſai qu'on peut me faire une objection , qui n'eſt pas ſans fondement , &
qui merite toute mon attention. Une
perſonne , dit-on , peut être diſpoſée
par la force d'une Planete dominante ,
à la Volupté, à la Colere, ou à l'Avarice , & vaincre par ſa raiſon ces mauvaiſes influences , comme fit autrefois
Socrate ; les Aſtres inclinent , mais ne
forcent point la volonté des hommes ,
& par conſequent on a beau ſuivre les
regles les plus certaines de l'Aſtrologie,
il eſt impoſſible d'être parfaitement ſûr
que les évenemens répondront juſte aux
Prédictions. J'avoüe que cette objec-

tion

tion eft très folide par raport à tel, ou à tel individu humain, mais comme les grandes révolutions dépendent d'ordinaire des difpofitions d'un grand nombre de perfonnes, il eft impoffible de croire, qu'elles s'acorderont toutes à s'opofer à leurs penchans, & à les détourner d'un deffein général, qui eft conforme à leurs inclinations; d'ailleurs l'influence des Etoiles s'étend à un grand nombre d'Evenemens qui font independans de la raifon, comme les maladies, la mort, & en un mot tout ce qu'on apelle dans le monde *Accidens*.

J'ai commencé mes Prédictions par le tems que le Soleil entre dans le *Belier*, ce que je prends pour le veritable commencement de l'Année naturelle, & je les ai pouffées un peu plus loin que le tems, auquel il entre dans le figne de la *Balance*, c'eft la précifement la Saifon des grandes affaires; je n'ai pas encore arangé ce qui regarde le refte de l'Année, parce que j'en ai été détourné, par plufieurs occupations, qui n'ont rien de commun avec le public. D'ailleurs j'ai déja infinué, que ce n'eft ici qu'un échantillon d'un grand nombre de pronoftics, que je prépa-
re

re pour les Années fuivantes, fi l'on veut bien me le permettre, & m'encourager à l'exécution d'un fi grand deffein.

Ma prémiere Prédiction n'eft qu'une bagatelle, & je ne la donne ici que pour faire voir l'ignorance des prétendus Aftrologues, dans les chofes, qui les regardent directement eux-mêmes; elle a pour objet *Partrige*, le Faifeur d'Almanacs; j'ai fait fon Horofcope felon ma methode particuliere, & je trouve qu'il mourra infailliblement d'une fiévre chaude le 29. de *Mars* environ à onze heures de nuit; je le prie d'y fonger, & de mettre ordre à fes affaires.

Le mois d'*Avril* fera remarquable par la mort de plufieurs perfonnes du premier rang. Le *Cardinal de Noailles*, mourra le 4. & le 11. le *Prince des Afturies*, Fils du Roi *Philippe*; le 14. un des premiers Pairs de ce Roïaume mourra à fa maifon de Campagne. Le 19. l'Angleterre perdra un Vieux Laïc diftingue par fa grande érudition, & le 23. un fameux Banquier demeurant dans la *ruë de Lombard*. J'en pourois nommer un plus grand nombre de

M 3   ce

ce Païs , & d'autres ; fi je ne croiois
pas ces fortes de cas particuliers peu in-
tereffans pour le Lecteur. Pour ce qui
regarde les affaires publiques ; il y aura
le 7. une émeute dans le *Dauphiné* cau-
fée par l'oppreffion du Peuple, & cette
affaire ne fera pas apaifée de plufieurs
mois.

Le 15. Il y aura une violente Tempête, fur les cotes de France , qui regardent le Sud-Eft , elle détruira beaucoup de Vaiffeaux dans les ports mêmes.

Le 19. fera célèbre par la révolte de
tout un Roïaume , à l'exception d'une
feule Ville , ce qui donnera un tour
très-avantageux aux affaires d'un des
Princes Alliez.

Le mois de *May* fera contre toutes
les aparences fort fterile en grands évenemens ; il ne fera remarquable que par
la mort du *Dauphin* , qui arrivera le 7.
Après une courte maladie , & de violentes douleurs caufées par une *retention
d'Urine*. Il meurt plus regrété par le
Roïaume, que par la *Cour*.

Le 9. Un *Maréchal de France* fe caf-
fera la jambe, en tombant de fon Cheval ;

val ; il m'a été impoſſible de découvrir s'il en mourra, ou non.

Le 11. On commencera un Siége de grande importance , qui attirera les yeux de toute l'Europe ; je n'en prédirai point les particularitez ; pluſieurs raiſons, qu'on devinera aiſement, m'obligent à ne pas m'étendre beaucoup ſur des affaires , qui touchent de ſi près les Hauts-Alliez , & par conſéquent ce Roïaume.

Le 15. On recevra la nouvelle d'un Evenement le plus ſurprenant , & le moins attendu , qu'on puiſſe s'imaginer.

Le 16. Trois grandes Dames de ce Roïaume ſe trouveront enceintes contre leur attente, à la grande ſatisfaction de leurs Epoux.

Le 23. Un fameux boufon de la Comedie , mourra d'une mort comique , très-bien aſſortie à ſa profeſſion.

JUIN. Ce Mois ſera illuſtre par la déroute de certains Enthouſiaſtes ridicules connus ſous le nom de *Petits Prophetes* ; elle ſera cauſée par l'arrivée du tems , ou leurs Prédictions devroient être verifiées , & par la découverte de leur ſottiſe, ou de leur fourberie; c'eſt

M 4   un-

une chofe admirable qu'il y ait des impofteurs affez extravagans , pour prédire des chofes , qui doivent arriver en peu de tems , & pour s'expofer à être fiflez par tout le monde dans l'efpace de quelques mois ; ces gens-là font moins prudens encore que les Faifeurs d'Almanacs qui ont la fineffe de s'enveloper d'épaiffes ténébres , & de ne parler que par Enigmes , en laiffant au Lecteur le foin de l'interprétation.

Le premier de ce Mois un Général François fera tué d'un coup de Canon tiré à tout hazard.

Le 6. il y aura dans un des Fauxbourgs de *Paris* un grand incendie, qui confumera plus de mille maifons, & qu'on pourra confiderer comme l'avant-coureur d'une nouvelle , qui étonnera toute l'Europe, vers la fin du mois fuivant.

Le 10. il fe donnera une grande Bataille , qui commencera à quatre heures après dîner , & durera jufqu'à 9. heures du foir, avec beaucoup d'opiniâtreté , fans que la fin en foit fort décifive, pour toute la Guerre ; je ne nommerai pas l'endroit , qui fera le Champ de Bataille , pour les raifons fusdites ;

mais

mais je dirai que de coté & d'autre, ceux qui commanderont l'aîle gauche , feront tuez , je vois des feux de joye , & j'entends des coups de canon qui annonçent une Victoire.

Le 14. Il fe répendra un faux bruit de la mort du *Roi de France*.

Le 20. Le *Cardinal Porto-Carrero* finira fes jours par une Dyffenterie , non fans foupçon d'être empoifonné ; mais on trouvera que tout ce qu'on aura débité , de fon deffein de prendre le parti du Roi *Charles* , eft abfolument faux.

JUILLET, le 6. de ce Mois, un certain Général recouvrera, par une action des plus glorieufes, la Réputation, qu'il avoit perduë par quelques mauvais fuccès.

Le 12. Un Chef d'Armée mourra Prifonnier parmi fes Ennemis.

Le 14. On découvrira le deffein infame d'un Jefuite François , d'empoifonner un Général étranger , & quand il fera apliqué à la queftion, il déclarera les chofes les plus furprenantes.

En un mot ce Mois fera fecond en grands Evenemens , dont il ne m'eft

pas permis de détailler toutes les particularitez.

Dans le Roïaume un vieux Senateur
de grande réputation mourra à sa maison de Campagne, extenué par l'âge,
& par les maladies.

Mais ce qui doit rendre ce Mois à
jamais fameux, est la Mort du *Roi* de
France, Louis quatorze, qui finira sa vie
à *Marli* le 26. environ à six heures du
soir, après une maladie d'une semaine;
ce sera, selon tout ce que j'en puis
découvrir, d'une *goutte remontée* suivie
d'un *flux de Sang* : trois jours après,
M. de *Chamillard* suivra son Maître, en
mourant d'Apoplexie.

Dans le même Mois un Ambassadeur
mourra à *Londres*, mais je n'en saurois
dire précisément le jour.

AOUT; Les affaires de France paroî-
tront pendant quelque tems ne pas sou-
frir la moindre alteration, sous le Ré-
gne du *Duc de Bourgogne*; mais le Génie, qui animoit toute la Machine étant
disparu, elles seront sujettes à des révolutions extraordinaires l'année suivante;
jusqu'ici le jeune Roi laisse à peu près
tout sur le même pied, dans le Mini-
stere, & dans les Troupes, mais les
Li-

Libelles & les Satyres, qui se répen-
dent contre son Grand-Pere, & qui
volent, pour ainsi dire, à l'entour de
son Palais même, mortifient cruelle-
ment le nouveau Monarque.

Je vois un Courier fort empressé &
les yeux pleins de vivacité & de joye arriver au point du jour le 28. de ce Mois,
aïant fait un voïage prodigieux, par
Mer & par Terre, en trois jours de
tems. Vers le soir j'entends les Clo-
ches, & les coups de Canon ; les illu-
minations, & les feux de joye font paroître la Ville en feu.

Un jeune Admiral d'une très-noble
extraction acquiert ce même Mois une
Gloire immortelle, par une Action des
plus Heroïques.

Les affaires de Pologne font entierement reglées ; *Auguste* renonce à ses
Prétentions, qu'il avoit voulu pendant
quelque tems, faire valoir de nouveau.
Stanislas est paisible Possesseur de la
Couronne, & le Roi de Suede se déclare pour l'Empereur.

Je ne saurois passer sous silence un
accident particulier, qui doit arriver
dans ce mois à *Londres* ; c'est qu'à la
foire de St. Barthelemy, un grand dé-
M 6   sastre

faftre fera caufé par la chute d'une *Tente*.

SEPTEMBRE; ce Mois commencera par une Gêlée extraordinaire dans cette faifon; elle durera près de 12. jours.

Après que le *Pape* aura langui long-tems, le Mois paffé, les enflures de fes jambes creveront, la Gangrene s'y mettra & il finira fes jours le 11. trois femaines après fa mort, il fera fuccedé par le moïens des brigues, les plus violentes, par un Cardinal de la faction Impériale, né en Tofcane, & âge à préfent de 61. ans.

L'Armée des François fe tient à préfent entierement fur la defenfive, & elle fe retranche jufqu'aux dents. Le jeune Roi envoïe des ouvertures pour la Paix, par le moïen du Duc de *Mantoüe*; mais comme c'eft là une affaire d'Etat, qui touche de près notre Gouvernement, je n'en dirai pas d'avantage.

Je n'ajoûterai encore qu'une Prédiction, en termes mifterieux; elle eft comprife dans ce paffage de *Virgile*;

Al-

Alter erit tum Tiphys , & altera quæ
vehat Argo
Delectos Heroas.

Le 25. de ce Mois tout le monde
verra cette Prédiction , parfaitement
accomplie.

Je n'ai pas pouſſé plus loin mes Calculs pour l'année préſente. Je ne prétends pas , que ce ſoient-là tous les
grands évenemens , que nous verrons ,
mais je prétends , que ceux , dont je
viens de parler arriveront infailliblement. Peut-être m'accuſera-t-on encore malgré les raiſons que j'ai alleguées ,
avant que d'en venir à mes Pronoſtics,
de ne m'être pas plus étendu ſur nos
affaires Domeſtiques , & ſur le ſuccès
de nos Armes ; je conviens que j'étois
le Maître de donner là-deſſus des lumieres fort ſures, mais notre Miniſtere
éclairé ne trouve pas à propos qu'on
entre dans les Miſteres d'Etat, & je ne
ſuis pas homme à lui donner le moindre
mécontentement.

Tout ce que j'oſe prendre la hardieſſe de dire , c'eſt que cette Campagne
ſera très-glorieuſe pour les Alliez , &

M 7   que

que les forces Britanniques par Mer, &
par Terre, auront une bonne part dans
les lauriers dont la victoire couronnera
la grande Alliance , que la Reine *Anne*
continuera de vivre en santé , & en
profperité ; & qu'il n'arrivera aucun
défaſtre aux prémiers têtes du Roïaume.

Pour ce qui concerne les évenemens
dont j'ai fait mention , le public verra
par leur accompliſſement , fi je dois
être mis de niveau avec les Aſtrologues
ordinaires , qui par leur pitoïable jargon , & par certaines *figures* tracées à
tout hazard, ſe ſont trop long-tems jouez
de la credulité du Vulgaire. Mais il
ne faut pas méprifer un habile & fage
Medecin, parce qu'il y a des Charlatans
dans le monde.

Peut-être croira-t-on que je ne ſonge ici qu'à me divertir , aux depends
des Sots ; mais on me fera tort, j'ai quelque eſpece de reputation dans le monde , que je ne hazarderois pas volontiers , uniquement pour ſatisfaire à un
caprice de cette nature ; j'oſe me flatter encore que tout homme ſenſé , qui
lira cet écrit , n'aura garde de le confondre avec les miſerables brochures,
qui

qui font les délices du petit Peuple. Heureufement pour moi je fuis au-def- fus du fort de ces miferables Ecrivains, qui font obligez d'infulter le bon fens, pour fe procurer dequoi vivre; ma fortu- ne fait que je n'ai pas befoin d'un gain fi mince, & mon naturel me le fait méprifer.

Que des gens éclairez ne condamnent pas, avec trop de précipitation, cet effai deftiné à rendre fon ancienne ré- putation à un Art, qui n'eft tombé en difgrace, que par l'ignorance & la four- berie, de ceux qui le profeffent. Un court efpace de tems décidera fi je me fuis trompé moi-même, ou fi j'ai vou- lu tromper les autres, & ce n'eft pas, ce me femble, exiger quelque chofe de fort déraifonnable, que de prier le Pu- blic de vouloir bien fufpendre fon juge- ment, pendant un petit nombre de Mois.

Autrefois je me fuis vû confondu avec les habiles gens, qui méprifent toutes les Prédictions fondées fur les E- toiles, & j'étois encore de leur Opinion l'An 1686. quand un homme de quali- té me fit voir dans fon *Album*, une dé- claration du très-éclairé Aftronome le
Ca-

Capitaine H... par laquelle ce grand homme affeuroit, qu'il ne croiroit jamais rien des influences des Aftres, s'il n'arrivoit pas en Angleterre une très-célébre Révolution l'An 1688. Depuis l'accompliffement de ces Pronoftics, je me fuis tiré de mon erreur, & après une étude affiduë de dix-huit ans, j'ai trouvé la veritable methode de parvenir à cette Science, & par là je me crois paié avec ufure d'une application fi longue, & fi penible. Pour n'arrêter pas le Lecteur plus long-tems, je finirai, en l'affeurant, que les Prédictions, que j'ai deffein de lui communiquer pour les Années fuivantes, comprendront les principales affaires de toute l'Europe, & fi l'on ne me veut pas permettre de les rendre publiques dans ma Patrie, j'apellerai de cette rude Sentence, au Monde Savant, en les donnant en Latin, & en les faifant imprimer en Hollande.

L'AC.

L'ACCOMPLISSEMENT

De la prémiere Prédiction

DE M. BICKERSTAF;

ou

Lettre à une Perſonne de Qualité,

Contenant la

RELATION CIRCONSTANCIE'E

De la Mort de

M. PARTRIGE,

Faiſeur d'Almanacs,

Arrivée le 29. de Mars 1708.

MILORD,

POur obéir aux Commande-mens de Votre Grandeur, auſſi bien que pour ſatisfaire ma propre curioſité, je me ſuis conſtamment informé ces jours paſ-

fez

fez de la fituation , où fe trouvoit M. *Partrige Faifeur d'Almanacs* , qui felon les Prédictions de M. *Bickerftaf* , publiées , il y a un mois , devoit mourir d'une fievre chaude le 29. environ à 11. heures de nuit ; je l'avois vu quelquefois , pendant que j'étois emploïé dans les Affaires , parce que toutes les années il me faifoit préfent de fon Almanac , dans l'Efperance d'une petite gratification , felon fa conduite ordinaire avec les gens , qui étoient dans les Emplois ; je le rencontrai par hazard deux ou trois fois , dix jours à peu près avant fa mort , & j'obfervai qu'il tomboit extrêmement , quoique , à ce que j'apris alors , fes amis ne le cruffent pas en danger. Ce n'eft que depuis trois jours , que fe trouvant fort mal , il s'eft retiré dans fa chambre ; on l'a mis au lit , & on a fait venir le Medecin , & l'Apothicaire , pour lui ordonner des remèdes. Sur cette nouvelle , j'ai envoyé deux ou trois fois , par jour , un Laquais chez lui , pour m'informer de fa fanté , & hier , environ à quatre heures après midi , on m'apprit , qu'il étoit abandonné des Medecins ; là-deffus pouffé par la pitié , & furtout par la curiofité,

je

je pris la réfolution de l'aller voir. Il me reconnut parfaitement bien, parut furpris de ma condefcendance, & m'en temoigna fa gratitude autant que fa foibleffe pouvoit le lui permettre. Ceux qui étoient à l'entour de fon lit me dirent, qu'il avoit été en délire quelque tems auparavant; mais il étoit alors dans fon bon-fens, s'il le fut jamais, & il avoit la parole libre & forte; après lui avoir exprimé mon chagrin de le voir dans un fi trifte état, & dit plufieurs autres chofes obligeantes, je le priai de me dire naturellement, fi les Prédictions, que M. *Bickerftaf* avoit publiées, touchant fa mort, n'avoit pas opéré fur fon imagination avec trop de force; il m'avoüa, qu'il les avoit euës fort fouvent dans l'efprit, fans en être extrêmement effraïé, mais qu'il y avoit quinze jours, qu'elles avoient commencé à faire de profondes impreffions fur fon cerveau, qu'elles s'en étoient entierement emparées, & qu'il croyoit que c'étoit-là effectivement la veritable caufe de fa maladie. *Je fuis très-perfuadé, pourtant, continua-t-il, que M. Bickerftaf, n'a parlé que par conjecture, & qu'il ne fait pas mieux ce qui doit arriver dans*

dans le Cours de cette Année, que moi-même. Je lui dis que fon difcours me furprenoit, & que je ferois ravi que fa fanté lui permit de me communiquer les raifons, qui le convainquoient de l'ignorance de M. *Bickerſtaf* ; *Helas Monfieur,* me répondit-il, *je ne fuis qu'un pauvre Idiot,* * *élevé dans le métier le plus bas, mais j'ai affez de bonfens, pour favoir, que toutes les prétentions des Aftrologues fur l'avenir, ne font que des chimeres ; la raifon en eſt évidente ; toutes les perfonnes éclairées, & favantes, qui font feules capables de connoître le fort & le foible de cette Science, s'accordent unanimement à la méprifer, & à la tourner en ridicule ; il n'y que l'ignorant vulgaire qui y donne, & cela fur la Foi de gens comme moi & mes Camarades, trop ignorans pour favoir bien lire, & écrire.*

Je lui demandai là-deffus, s'il n'avoit jamais tiré fon propre Horofcope, pour voir s'il s'accorderoit avec le Pronoftic de M. *Bickerſtaf*: *Monfieur, Monfieur,* me repliqua-t-il, en fecouant la tête;

* Il avoit été Savetier.

tête; *il ne s'agit pas de railler à préfent,* *mais de me repentir de ces petites fourberies , comme je le fais du fond de mon ame.*

Ainfi donc , repliquai-je, ces obfervations., & ces Prédictions , que vous avez fait imprimer dans votre Almanac, ne-fervoient qu'à duper le fot Peuple.; *s'il n'en étoit ainfi ,* repartit-il, *j'en ferois moins coupable devant Dieu , & devant les hommes ; nous avons une metho-de generale pour toutes ces chofes : à l'égard de noire maniere de prédire le tems, nous en laiffons le foin aux Imprimeurs , qui ne font que copier à tout hafard quelques vieux Almanacs ; les Prédictions d'u-ne autre nature étoient de ma propre in-vention , & ne tendoient qu'à faire ven-dre mon pauvre Calendrier.* Je n'avois *pas d'autre moïen de gagner du pain, pour moi , & pour ma Femme , car c'eft un métier bien maigre que celui de rappetaffer de vieux Souliers.* Helas , *ajouta-t-il en, foupirant , heureux encore ! fi mes remè-des n'ont pas fait plus de mal aux hom-mes , que mes Pronoftics ; il eft vrai que j'avois herité quelques bonnes recettes de ma Grand-mere , & que j'ai eu foin*

que

que dans mes propres Compositions il n'en-
trât aucun ingrédient dangereux.

J'eus encore quelques autres difcours
avec lui dont je ne me fouviens pas ; le
mal n'eft pas grand , & peut-être mon
récit ennuïe-t-il déja votre Grandeur ;
j'ajoûterai feulement à ce que je viens
de dire , que dans fon lit de Mort il
s'eft déclaré *Nonconformifte* & qu'il avoit
un Miniftre fanatique pour Confolateur
& pour guide fpirituel.

Après une demi-heure de Converfation , je pris congé de lui à moitié é-
touffé par l'air renfermé de fa petite
chambre. Perfuadé qu'il n'en avoit pas
pour long-tems j'entrai dans un petit
caffé près de là , après avoir laiffé chez
le malade un Laquais ; avec ordre de
me venir avertir de l'inftant de fa mort
le plus exactement, qu'il feroit poffible;
il m'en vint aporter la nouvelle deux
heures après , & tirant ma montre , je
vis qu'il étoit à peu près fept heures &
cinq minutes , ce qui fait voir clairement que M. *Bickerftaf* s'eft trompé
dans fon calcul de quatre heures. En
recompenfe, fa Prédiction eft fort exacte par raport aux autres circonftances
de cette mort.

La

La queſtion eſt s'il n'a pas été la *cauſe* de cet évenement , auſſi bien que le *Prophete* ; quoiqu'il en ſoit , la choſe eſt aſſez extraordinaire , ſoit qu'elle ſoit un effet du haſard , ou de la force d'imagination du pauvre *Partrige* ; & quoique je ſois des plus incredules ſur ces ſortes de matiéres , j'attends avec impatience la réüſſite de la ſeconde Prédiction de notre Aſtrologue. Elle nous annonce , que le *Cardinal de Noailles* , doit mourir le 4. d'Avril , & ſi ce Pronoſtic eſt verifié auſſi exactement , que l'a été celui qui concernoit *Partrige* , je vous avoüe que j'en ſerai dans une grande ſurpriſe , & que je ſerai très-porté à attendre l'accompliſſement de toutes ſes autres Propheties.

JUSTIFICATION

DE

M. BICKERSTAF , *Ecuïer.*

Contre ce qui lui a été objeƈté par

M. PARTRIGE

Dans ſon ALMANAC pour l'année
Courante 1709.

Par le dit

ISAAC BICKERSTAF, *Ecuïer.*

M. *Partrige* a trouvé bon , il y a quelque tems , de me traiter de la maniere du monde la plus rude, dans l'Ecrit, qu'il apelle ſon *Almanac pour l'année préſente.* Un pareil procédé ne convient en aucune maniere à des gens de Lettres , & ne contribuë rien à la découcouverte de la verité , qui doit être le grand but de toutes les difputes des Savans.

Il me femble , qu'un homme de l'éducation de M. *Partrige* , devroit fonger un peu à polir fon ftile, & ne point donner à un homme , dont tout le crime confifte à differer de lui, dans un point de pure fpéculation , les noms odieux *de fou* , *de faquin* , *& d'impudent* ; j'en apelle au monde favant , & je lui demande, fi dans mes Prédictions de l'année paffée , je l'ai traité d'une maniere à m'attirer de pareils *Epithetes*. Les Philofophes ont eu des difputes dans tous les fiécles , mais les plus polis d'entr'eux ont toujours difputé en vrais Philofophes ; la fougue & les *manieres harangeres* , dans la controverfe, ne font rien à la queftion , & ne font tout au plus qu'un aveu tacite , qu'on fe défie de la bonté de fa caufe.

Ce qui me touche le plus dans cette affaire ce n'eft pas ma propre réputation , c'eft le bien général de la République des Lettres , que le Sieur *Partrige* à bleffé *à travers mon flanc*. Si des gens qui travaillent pour le bien public doivent être traitez d'une maniere

ſi impitoïable, comment peut on eſpe-
rer , que les Sciences les plus utiles faſ-
ſent jamais des progrès conſiderables.

M. *Partrige* auroit certainement honte de ſa conduite peu généreuſe à mon
égard , s'il ſavoit ce qu'en penſent les
Univerſitez étrangéres ; mais je m'in-
tereſſe trop à la réputation d'un ſi illuſtre compatriote , pour rendre public
tout ce que je ſai là-deſſus. Cet Eſprit d'envie & d'orgueil , qui ſuffoque
en leur naiſſance tant de beaux Genies,
qui ſans elles s'éleveroient dans notre
Patrie , n'eſt pas encore extrêmement
en vogue parmi les Savans étrangers,
& la neceſſité de faire mon apologie
m'excuſera, ſi j'oſe déclarer ici au Lecteur , que j'ai reçû plus de cent Lettres de félicitation ſur mon *Eſſay Aſtro-
logique* , de differentes parties de l'Europe, juſqu'à la *Moſcovie* incluſivement.
J'ai même lieu de croire qu'aux *bureaux*,
on en a retenu , & ouvert , un bon
nombre d'autres. J'avouë que *l'Inquiſi-
tion de Lisbone* a trouvé à propos de
bruler mes Prédictions , & de condamner d'*Hereſie* , l'Auteur , & les Lecteurs. Mais j'eſpere qu'on voudra bien
s'en prendre au triſte état , où les belles

les Lettres font réduites dans ce Roïaume. J'ofe dire même, avec tout le profond refpect qu'on doit aux têtes Cou-
ronnées, que *Sa Majefté Portugaife* auroit bien fait d'emploïer fon autorité,
en faveur d'un favant de quelque naiffance, fujet d'une Souveraine, avec
laquelle ce Prince eft fi étroitement al-
lié. En recompenfe, les autres Roïaumes & Républiques de l'Europe m'ont
comblé d'Éloges, & fi je voulois faire
imprimer les Lettres Latines, que j'ai
reçûes des Païs étrangers fur le fujet en
queftion, elles feroient un volume
dans les formes, propre à détruire abfolument tout ce qui peut m'être ob-
jecté par M. *Partrige*, & par fes com-
plices les *Inquifiteurs Portugais*, qui font
les feuls Antagoniftes, pour le dire en
paffant, que mes Prédictions fe font
jufqu'ici attirez. Mais le fujet eft trop
délicat, & trop fcabreux pour rendre
public les fentimens qu'ont là-deffus
mes *illuftres Correfpondans* ; j'efpere
pourtant qu'ils ne trouveront pas mauvais, que pour me défendre contre mes
adverfaires, je copie ici quelques paffages de leurs Lettres. Le très-docte M.
Leibnits m'adreffe ainfi fa troifiéme Let-

tre

tre *Illuſtriſſimo Bickerſtaffio Aſtrologiæ
inſtauratori*, *&c.* M. *le Clerc* en ci-
tans mes Prédictions dans un Traité ;
qu'il a mis au jour l'an paſſé, a la bonté
de dire, *Ita nuper Bickerſtaffius magnum
illud Angliæ ſidus*, &c. Un autre Profeſſeur d'une grande réputation ſe ſert
de ces termes en parlant de moi. *Bickerſtaffius*, *nobilis Anglus*, *Aſtrologorum
hujuſce ſeculi facile princeps* ; & le *Signor
Magliabecchi*, Bibliothecaire du *Grand
Duc*, m'a écrit une grande Epitre toute remplie de complimens, & d'Eloges.
Il eſt vrai qu'un fameux Savant d'*U-
trecht*, Profeſſeur en Aſtronomie, ſemble
differer de moi dans un point , mais il
s'exprime avec toute la modeſtie , qui
eſt naturelle à un vrai Philoſophe *Pace
tanti viri dixerim*, & page 55. il paroit
rejetter toute la faute ſur l'Imprimeur ,
en quoi il a raiſon ; *vel forſan error Ty-
pographi* , *cum alioquin Bickerſtaffius vir
Doctiſſimus*, *&c.*

Si M. *Partrige* avoit ſuivi cet exemple , il m'auroit épargné la peine de
faire mon Apologie d'une maniere ſi
publique. Je puis dire ſans vanité ,
que je ſuis l'homme du monde le plus
prêt à reconnoître mes mépriſes , & le
plus

plus reconnoiſſant envers ceux, qui
me les découvrent, quand on s'y prend
d'une maniere honnête, mais il ſemble
que le fameux M. *Partrige*, au lieu d'ê-
tre charmé des progrès de ſon Art, regarde tous ceux qui veulent y contribuer, comme des Uſurpateurs. Il eſt
vrai qu'il a été aſſez prudent, pour ne
rien objecter contre mes Prédictions,
ſi l'on en excepte le ſeul article, qui
le regarde ; mais pour faire voir dans
quel aveuglement l'eſprit de partialité
jette ceux, qui en ſont poſſedez, je
proteſte ici ſolemnellement, qu'il eſt
le ſeul homme au monde, qui ſoit en-
tré là-deſſus en diſpute avec moi ; cette ſeule conſideration ſuffit ce me ſemble, pour énerver tous ſes preuves.

Je n'ai jamais pû découvrir que deux
objections qui ont été faites contre mes
Prédictions de l'an paſſé ; la premiere
eſt d'un François, qui trouve bon d'a-
vertir le public, de ce que le *Cardinal
de Noailles* eſt encore en vie, nonobſtant
le prétendu pronoſtic de M. *Bickerſtaf*:
mais je laiſſe à juger au Lecteur benevole & impartial, ſi un *François*, *un
Papiſte*, *& un Ennemi* doit être cru
dans ſa propre cauſe aux dépens d'un

N 3   *Pro-*

Proteſtant Anglois, qui eſt du Parti du Gouvernement.

La ſeconde objection eſt le triſte ſujet de la préſente diſpute ; elle roule ſur un article de mes Prédictions, ſelon lequel M. *Partrige* devoit mourir le 29. de Mars 1708. Il a le front de ſoutenir dans ſon Almanac pour l'année préſente, que ce Pronoſtic eſt abſolument faux, & il le ſoutient, comme je l'ai déja dit, de cette maniere rude & brutale, qui ſiéd ſi mal à une perſonne de quelque naiſſance ; il déclare ouvertement dans le ſuſdit Ouvrage, *que non ſeulement il eſt en vie à préſent, mais qu'il l'étoit encore le même 29. de Mars, que j'avois fixé pour ſa mort.* Voilà préciſément l'état de la queſtion, & j'ai reſolu de la traiter, avec toute la brieveté, toute la clarté, & toute la tranquillité poſſible. Je ſuis perſuadé que cette diſpute s'attirera l'attention de toute l'Angleterre, & même de toute l'Europe ; les Savans de chaque Nation ne manqueront point ſans doute de prendre parti, & de ſe déclarer pour ce qui leur paroîtra le plus vraiſemblable, & le plus ſolide.

Sans entrer ici dans un examen critique

que de l'heure précise de la mort du Sieur Partrige, je me contenterai de prouver, qu'il n'est pas *au nombre des vivans*, & de le faire voir par l'autorité d'un prodigieux nombre de témoins irreprochables. Plus de mille personnes de naiffance, qui ont acheté fon Almanac, uniquement pour y voir les invectives, qu'il vomit contre moi, s'écrient à chaque ligne, en levant les yeux au Ciel, & en crevant moitié de rire, & moitié de dépit, *qu'ils font perfuadez, que jamais homme vivant n'écrivit de pareilles fadaifes* ; je fuis convaincu même, que perfonne au monde, qui foit au fait, puiffe en parler autrement. Par confequent M. *Partrige*, preffé par un *dilemme formidable*, doit ou defavouer fon Almanac, au bien convenir qu'il n'eft pas un *homme vivant*.

Je veux bien croire qu'une certaine figure inanimée fe donne les airs de courir les ruës fous le nom de *Partrige* ; mais I. *Bickerftaf* ne s'en croit pas refponfable ; & il foutient que ladite figure n'a pas eu le moindre droit d'étriller le pauvre garçon, qui crioit en paffant par devant lui ; *la veritable & exacte*

N 4

acte rélation de la mort du Docteur Par-
trige.

D'ailleurs M. *Partrige* se mêle de
dire la bonne avanture , & de faire re-
trouver les hardes volées ; or tout son
voisinage asseure , qu'il le fait par le
moïen du Diable , & des malins esprits,
qu'on ne sauroit frequenter , de l'aveu
de tous les gens éclairez , que lorsqu'on
n'est plus en vie.

En troisiéme lieu je prétends prouver
qu'il est mort par son Almanac même,
& par ce même passage, qui sert à nous
faire croire qu'il vit encore.   Il dit :
qu'il n'est pas seulement en vie à présent ;
mais qu'il l'étoit encore le même 29. *de*
Mars que j'avois fixé pour sa mort.   Par
là il fait entendre évidemment, qu'un
homme peut-être en vie à l'heure qu'il
est , quoi qu'il ait été mort , il y a
douze mois.   Et voilà précisement ce
qu'il y a de Sophistique dans cette pro-
position.   Il n'ose pas asseurer , *qu'il*
a été en vie depuis le 29. *de Mars* ; il
déclare seulement *qu'il vit à présent , &*
qu'il vivoit ce jour-là.   La derniere partie de sa déclaration , est hors de con-
teste , car il ne mourut que le soir ,
comme il paroit par une *relation de son*
dé-

décèz dans une Lettre à un Lord ; s'il a vecu depuis ce tems-là , c'eſt ce que je laiſſe à décider au public. En verité ce ſont-là de pures chicanes , & j'ai honte de m'y arrêter.

En quatriéme lieu j'en apelle à M. *Partrige* lui-même , & je lui demande , s'il eſt probable , que j'aïe été aſſez imprudent pour commencer mes prédictions par la ſeule fauſſeté , qu'on leur ait reproché juſqu'ici ? Eſt-il vraiſemblable que je me fois trompé , par raport à un évenement , qui devoit arriver , pour ainſi dire , ſous mes yeux , & par raport auquel il m'étoit infiniment plus aizé d'être exaЄt , qu'à l'égard de tout le reſte ? Eſt-il naturel que preſque de propos déliberé , j'aïe voulu donner un tel avantage ſur moi à un homme de l'Eſprit & de l'Erudition de M. *Partrige* , qui , s'il lui avoit été poſſible de faire encore quelqu'autre objection , contre mes Pronoſtics , ne m'auroit certainement pas épargné.

Je faifis ici l'occaſion de refuter l'Auteur de *la rélation de la mort de M. Partrige dans une Lettre à un Lord.* Il s'eſt donné les airs de m'acuſer de m'être

N 5   trom-

trompé à l'égard de cet évenement, de quatre heures entieres ; j'avouë que cette critique avancée d'un air de triomphe , par un Auteur *grave* , *& judicieux* , touchant une matiere , qui me touche de si près , m'a mortifié de la maniere la plus cruelle. J'étois hors de la Ville, lors de cette mort , & j'étois si convaincu de la justesse de mon calcul , que je ne daignois pas seulement y penser un moment ; cependant plusieurs de mes Amis , qui pour satisfaire leur curiosité , n'ont rien négligé pour en être instruits , à fond , m'ont asseuré que je ne me suis mépris que d'une petite demi-heure. S'il m'est permis de parler naturellement , il me semble que cette méprise n'est pas d'une nature , à m'attirer des censures si pleines de vivacité & d'amertume. Cet Auteur me permettra de lui dire , qu'une autrefois il ne feroit pas mal d'avoir plus d'égard pour sa propre reputation, en ménageant d'avantage celle de son prochain. Je suis bien heureux que dans mes Prédictions il n'y ait pas d'autres erreurs de calcul , s'il y en avoit , il est a presumer que ce *Critique bilieux*

me

me les reprocheroit du même ton Cavalier.

J'ai vu encore des gens qui font une
autre objection contre la verité de la
mort de M. *Partrige*, mais ils ne la
proposent que d'une maniere timide ;
ils s'imaginent qu'il doit être encore en
vie, parce qu'il continue à faire des
Almanacs. Mais il faut faire peu de
reflexion, sur ce qui se passe sous nos
yeux, pour proposer une pareille difficulté ; c'est un privilege très-commun
à tous les Faiseurs d'Almanacs. * *Gad-*
buri, *Robin*, *Dove*, & *Wing* ne publient-
ils pas tous les Ans leurs Almanacs,
quoi qu'ils aïent été déja morts avant la
Révolution. Voici la raison véritable
d'un Phenomêne qui paroit d'abord sur-
prenant ; tous les Auteurs peuvent vivre après leur mort, excepté uniquement les Auteurs des Almanacs ; leurs
ouvrages ne roulent que sur les minutes, à mesure qu'elles passent, & ils

N 6   de-

* La même chose arrive aussi en *Hollande*,
où tous les ans on voit éclore des Almanacs
sous le nom d'*Antonio Magino*, & l'on dit qu'il
y a déja cent ans que ce nom y brille.

deviennent abfolument inutiles , quand l'année eft finie ; pour les en dédommager , le *Tems* , dont ces Meffieurs font les regiftres vivans , leur accorde la prérogative de continuer leurs *journaux* après leur mort.

J'aurois épargné au Public , & à moi-même cette Apologie , fi plufieurs perfonnes ne s'étoient fervies de mon nom , fans que j'aïe jamais eu la moindre intention de le leur prêter ; il y a une perfonne , par exemple , qui m'a voulu faire adopter malgré moi , il y a quelques jours , un bon nombre de fades Prédictions , dont je ne fus jamais le Pere. A lui parler franchement ce ne font pas là des chofes à fervir de plaifanterie , & de fimple amufement ; elles font très-ferieufes , & j'avouë même que j'ai été touché au vif , quand j'ai vu mes prédictions , qui m'ont couté tant de travail , & de veilles , criées dans les ruës , & être débitées indifferemment au Peuple ; au lieu que je ne les avois deftiné qu'à la reflexion des perfonnes les plus graves ; cette efpece de *Proftitution* a tellement prévenu le public d'abord , que plufieurs de mes
Amis

Amis ont été affez mal avifez, pour me
demander très-ferieufement, fi mon
unique but n'avoit pas été de badiner
avec mes Lecteurs. Je me contentai
de leur répondre froidement, que *l'E-
venement les en inftruiroit*; certainement
je leur en aurois voulu du mal, fi je
n'avois pas fu que c'eft le grand talent de notre fiécle, & de notre nation
de tourner en ridicule les chofes du plus
grand poids.

Lorfque la fin avoit verifié toutes
mes Prédictions, voilà l'Almanac de
Partrige, qui ne femble fortir de la
preffe, que pour me difputer l'article de la mort de fon Auteur, & par
là j'ai le fort de certains Heros de
Roman, qui étoient obligez de tuer
deux fois de fuite leurs ennemis reffuf-
citez par des Enchanteurs.

Si le Sieur *Partrige* a été affez habile, pour fe rendre un pareil fervice à lui-même, grand bien lui faffe,
mon Pronoftic n'en eft pas moins véritable; je crois avoir prouvé par des
demonftrations en forme, qu'il eft
mort une demi-heure avant le tems
que j'avois fixé pour fon décès; ce
qui

qui defabufera le Public, de ce que lui a débité effrontement l'Auteur de la Lettre à *un Lord*, qui ne prétend que je me fuis trompé de quatre heures, que pour me décréditer, en m'accufant d'une erreur fi groffiere.

F I N.

TABLE
DES
MATIERES
DU TOME SECOND.

Tem-

DES MATIERES.

O 3   Ar-

TABLE

Ob-

Ra-

TABLE

La

TABLE DES MATIERES.

F I N.

Vernon, Imp. Aubin-Hunchelle.

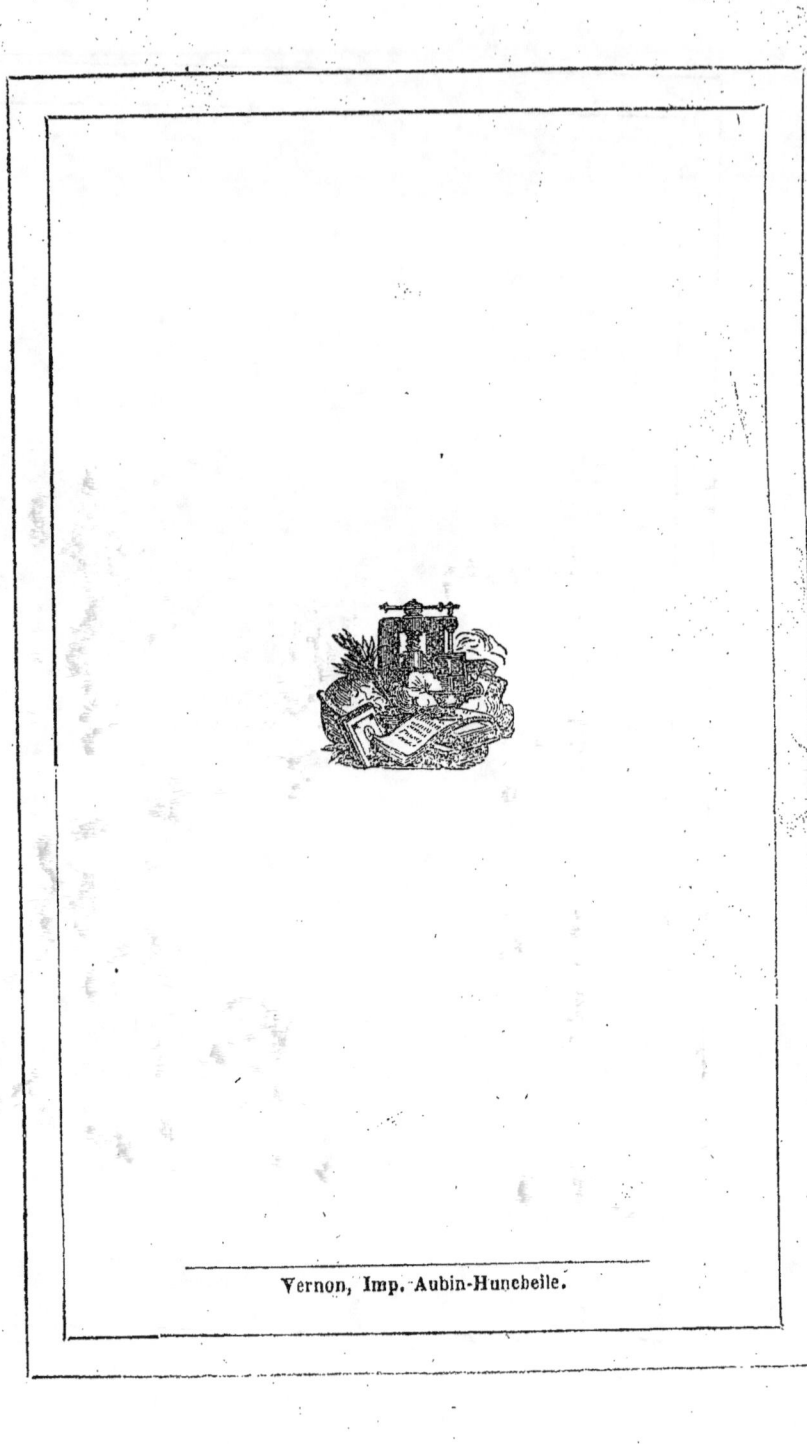

Vernon, Imp. Aubin-Huncbeile.

www.ingramcontent.com/pod-product-compliance
Lightning Source LLC
Chambersburg PA
CBHW070202030726
47505CB00006B/1554